左联烈士手稿选

上海市文物局 编

国家图书馆出版社

冯铿

最后的出路（中篇小说）

高二六五毫米、宽二一二毫米

国家图书馆藏

最後的出路

午夜的都市~~[illegible]~~馬路上，~~[illegible]~~大商店的煤汽灯和街灯照得亮如白晝。~~[illegible]~~行人和車輛都逐漸稀少了，拉着胡弦賣唱的歌女們也撐着倦眼從酒樓茶室裡走了出来；她們的凄冷的弦声，在歸途上還很迂緩無力的拖長着。

這時馬路上突然斷續的来現不少的人力車，成了一行列，車鈴声叮噹不絕~~[illegible]~~着。接着，還有很多慢慢跑来的行人。他們都是從W校散出来的观客，沿着P馬路回家去的。今晚上W校的男女生表演得動人，惹得观客們在

142

P.2

歸途上還戀々不捨的在追憶着。

雖然是疏旁的街樹都有些枯零的八月天氣，但位置在南中國的A市，有時還会覺得些兒悶热的。在這列人力車中的一輛車上，艳裝的若蓮把小口張大着吸了幾口子夜所持有的幽涼的空氣，又把倦眼向前後的行人望了一望。白亮的灯光把她那過度興奮的腦根重新激盪了起来，她只沉醉地憧憬在紛乱的幻影裡……

身子忽然往下一沉，把她嚇得清醒了過来，車子已经停在自己的門口了。

燃着小灯的幼婢把两扇門開了，她牽着弟々踏入去。家裡又靜寂又黑暗的就像一座墟墓！

"奶々呢？睡了么？"

"她担心着姑娘你呢，怕還睡不着吧！"

她幽魂般輕々踏上楼来，把房裡的電灯扭光了。

"蓮兒，呵，来了就好！娘担心得很呀！快叫絳痕把炖着的蓮子粥給你吃，吃了快点睡覺去吧！……会辛苦嗎？戲做得好

143

明明（B）10×20

P.3

看嗎？……”大奶奶在床上叮嚀她。這是第一次的久別，她和女兒從来就不曾離別過三个鐘头以上的。

“呵，一点都不觉得辛苦，戲是好看的。”

端起粥来，若蓮只吃了两口就放下了。她像有点餓，但是又不想吃；等弟弟吃完了出去，就把房門関上了。她和衣倒在床上呆望着電灯，走馬般的憧憬又在腦裡騰躍着，她把早間的经过一幕幕回憶了起来！……

——‘這位是鄭若蓮姑娘，我的学生。這位是許慕鴎，我的甥女。……哈哈，’吴先生和一个比她大一点的女学生說了後，又替她介紹。

剪了髮，蓬蓬的短髮在額前飛舞；男性化的没有一点粉痕香氣的圓臉上，配着氣概爽人的長眉大眼；身上是不加修飾的純樸的学生制服……這便是A市的嗜好文学而負有高蹈派的女学生的雅号的许慕鴎女士了。

“久仰，久仰”一種崇高的精神把若蓮壓住了！雖然相对着，但自己像减少得夠

144

P. 4

不上她脚下的一粒细砂，自己艳丽的服装和閃烁的飾物就像塗給上了污泥般污濁黯晦！……

……她僅々说出这'久仰'两字之後，便不知所措的低着头兒。

因為快要開幕了，许女士向她点了头就匆匆的跑去了。

——自己真像她鞋底的泥砂呵，自己不知要怎樣稱呼她，更不知要如何向她道出傾慕之忱？……

第一齣的白话劇叫'奮鬥'，劇情是一个舊式的女子努力奮鬥，找求自由自立，摆脱了社会的制裁和男性的奴視。因為A市——雖然文化和物质文明都稍々發達的A市還有许多不觉悟的躲在家裡的小姐們和少奶們，所以W中学的女生表演这劇的用意是在箴規她們，是在提倡女权。

当许女士扮了劇中的女主人翁，激昂慷慨的發揮着提倡女权，解放女子的言论時，座中最受感動，句々入耳的怕只有她一人了。是有聰明的若蓮在这時觉悟到自身的一切了——

145

在这時種下了改換一生命運的種子了！

　　接着是男生表演的一齣愛情劇「為了愛」。纏綿的表情和热烈的擁抱，把若蓮的興奮着的心头激盪得利害的跳着，同時也有些醉迷迷地！在早熟的青春期的她，有些領畧'愛情'这兩个字了。

P.5

　　婉曼的琴声，悠揚的歌声，也使她沉醉。——那些白衣黑裙，半跳半跑，言動伶俐的女学生多麼自由活潑；那些肌肉發達，英氣勃勃的男学生多麼勇偉可愛；自己所曉到的族兄弟叔侄們都是萎萎靡靡的，真不像樣…………他們——男女生們不客氣的谈笑着，尤其…………！

……………………

　　'呀'！她想到这裡，心头跳動得像給什麼東西圈住般，不自覺的呼了一口氣。

　　今晚上的若蓮，神經太受激刺了！她卸了裝再躺下去時，無論怎樣寧靜都睡不着了！

146

開明（B）10×20

P.6.

二

在南中國最南的K省，有一个通商口岸A市，從A市到C城是一条鉄路。在這鉄路向東遠望，一帶連綿不絕的青山和她——鉄路——形成平行線地起伏着，山麓是点綴了疏々落々的幾十个鄉村。

附近H車站的这些村落中，要算鄭富翁——一五六十年前冒險跑到南洋去發了大財回来的鄭和爺，是S村的大富户了。他自六十多歲回来祖國，過他不滿十年的舒適生活之後，便撒手西歸了。留下的是很多很多的金錢和一切窮人們所沒有的東西给他的七个兒子，和死了丈夫而年青的長媳婦。

"雖然你們還有的在南洋未回来見我，但最可恨的是你們的長兄先我而死呀！大嫂，她青年守寡，很悽涼的。你們要多照顧她，就把我私己的现金份中撥二万塊給她，給她看着開心吧！唉……"和爷看了看站滿床前的兒

147

媳，在作最後的叮嘱。

这時真最傷心不过的，是年纪只有廿七八歲，嫁过来做填房還不滿三週年便死了丈夫，只有个遺腹的生下来才有歲餘的女兒和沒有翁姑的大奶奶了！她像哭她的丈夫般悲痛着。

妯娌伯叔們都把冷眼瞧着她，有的还说"大奶奶真要哭夠些，阿爹就只疼你一个！……二万块钱难道比有了三妻四妾的丈夫还不及嗎？……"其实全無感情还有悍妾，每年多病，每天躲在鴉片烟炕上的丈夫是沒有什么好處的，不过沒有丈夫的苦况，又非意想所可料到的！

"大嫂，目前爹爹的喪事要用很多的钱，这三幾千块钱先给你收着，待往後生意上多赚了钱時，就如数撥还你的。"比她大了十幾歲的叔叔冷冷地把五千块钱的存摺交给她後就跑出去了，也不等她的回答。

兩行清淚在她的眼中滴到抱在懷裡的女兒头上去，她想：阿翁私己存下的二十多万块现金，完全是他們兄弟的囊中物了，还要挖苦

148

(B) 10×20

P.8.

我这箸箸的存金！父親昨天的遗言便在今天違悖了！以後，以後……怎么靠他们过日子呢？自己丈夫侈下的生意赚来的钱，镜花水月般只好看着不能拿到！孤兒寡婦是任人魚肉了！……

牙牙学语的女兒，睁着巨大的黑眼珠看她的母親，'娘，娘！'不断地叫着。

"呵呵！蓮兒！你長大了才曉得你娘的苦况哩！……不知你後往的命運又是怎樣？像你娘……！"清淚又继續地滴在若蓮的稀薄的头髮上！

"你假如是个男兒，我便有吐氣的一日了！唉！……"她傷心時就这樣的向着無知的女兒告訴。

她丈夫的先妻还買了个兒子，名叫國忠，她给娶过来做继母時，他已经十三歲了。染满了富家子的惡習的國忠，自父親死後就像脱了枝的败葉，再也不願入学了。终日是弄舟飼鳥，渐趨下流；近来他竟連鴉片煙也抽上了，麻雀牌也打得老練了，有時还跟了些年少的族叔

149

P.9

們到A市的酒楼買醉去！

自然，年青而成天躲在房裡的继母是没有权威干涉他的。有時他入到房裡来叫声短促的'娘'時，是因了他在叔々処拿来的錢不夠用，而来向她勒索的。

"不給我也隨你的便！不过鄭姓的錢，半个也不能給入到他人袋裡的！告訴你，你們母女是半文沒份的！我大了時，家產不都是我手裡的東西嗎？"在继母箱子裡拿不出錢来的國忠，總恨々地向着滿含清涙的她示威！

眼看着妯娌們的鑽石首飾和時髦的華服，而自己每月只有少数的说是生意上的利息的金錢，在出身是小家女的她，却也不捨得給這个强横無賴的不是親生的兒子揮霍。

原来她是離S村数十里遠的T城人；她的婚姻是她那當了一生的店員而不曾有過很多量的燦々的黃金的父親所主宰的。

"丈夫年紀大了這広多，而且还有了兩三个妾侍和兒子；這樣的填房是不容易做的

150

你就把女儿许给他嗎？”父親回来报告她的婚事已经订定了時，痛惜女儿的母親哭着要取消婚约！

“我們辛苦了一世都看不見这樣黄澄澄的金子，讓女儿去享享福还不好麼？……他們朱門富户，不是為了女儿的人物漂亮，要和我们攀親麼？”貪怯的父親受了妻子的怨謗雖然不好過，但回头望那裝在匣裡的耀眼的定婚礼物，心花又在怒放，代女儿幻想着许多未来的幸福！

“我們母女，不，就只蓮儿是鄭家的親骨肉，却不能得到絲毫的資產嗎？要你這不知姓什麼的外人才有份嗎？……”她只有对着國忠的背影垂淚。實際上是真的如此的，这S村一帶的風俗制度是駭異不过的，沒有儿子的的遺產是要給買来的螟蛉子所有，自己的女儿雖然是親生的也不敢希冀分其万分之一！

“恨只恨你怎不会变成男儿！……”若蓮的‘娘，娘！’的嬌小的声音，有時也掩不了她母親那受重創的心儿……！

151

P.11.

三

一九二三年的春天，若蓮迎着她十六歲的少女爛熟期了。生長在寒村的深閨裡，每年只在村中演社戲的時候出来一次便给人們加上了美人的稱号的她，生理和心理都跟着青春期發育起来。黑而大的些微嫌着突出的眼珠，濃而長的睫毛，聳直的鼻子，细小的口，还配着婀娜的身材。她自己有時也対鏡自賞，尤其是听了人家讚美她的時候。只是因為受了多病的父親的遺傳，肌膚就有些嫌太于黃瘦了。可是弱不勝衣的小姐態度，正是我們貴國人心眼中的美人兒呢。

不消說，她过去十五載的童年是在母親的嬌養中生長着的，凄冷的環境和自胎兒就受了母性的憂鬱的遺傳的她，先天後天都賦她以多愁善病的性質！

152

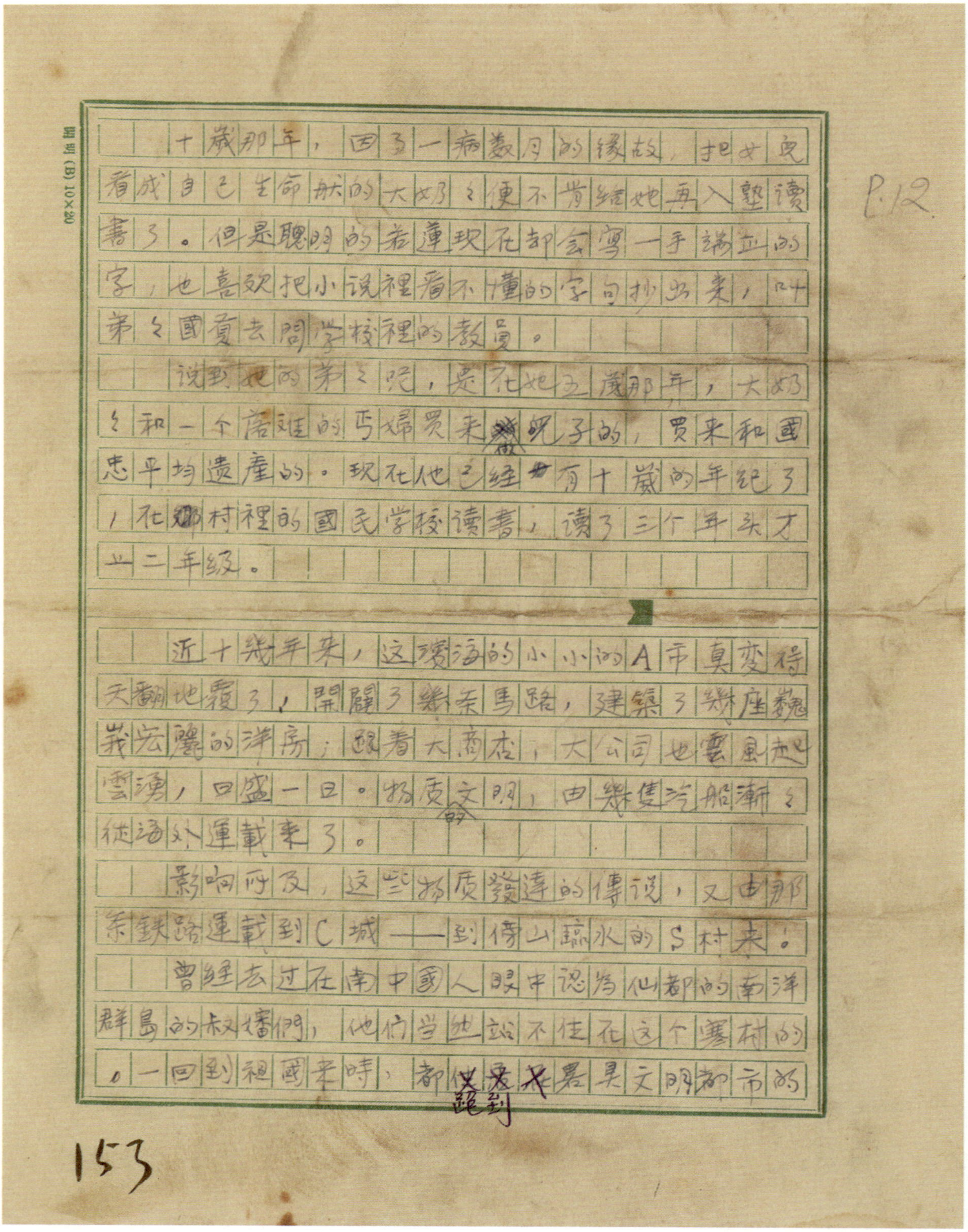

P.12

十歲那年，因了一病數月的緣故，把女兒看成自己生命般的大奶奶便不肯給她再入塾讀書了。但是聰明的岩蓮現在都會寫一手端正的字，也喜歡把小說裡看不懂的字句抄出來，叫弟弟國貴去問學校裡的教員。

說到她的弟弟吧，是在她五歲那年，大奶奶和一個落難的丐婦買來做兒子的，買來和國忠平均遺產的。現在他已經有十歲的年紀了，在鄉村裡的國民學校讀書，讀了三個年頭才上二年級。

近十幾年來，这濱海的小小的A市真變得天翻地覆了，開闢了幾條馬路，建築了幾座巍峨宏麗的洋房；跟着大商店，大公司也風起雲湧，日盛一日。物質的文明，由幾隻汽船漸漸從海外運載來了。

影响所及，这些物質發達的傳說，又由那條鐵路運載到C城——到傍山臨水的S村來！

曾經去過在南中國人眼中認為仙都的南洋群島的叔爺們，他們當然住不住在这个寒村的，一回到祖國來時，都誇耀着那是文明都市的

153

規模的A市住去。

他們幾兄弟都在南洋經營商業，其实是在那裡享福罷了。留着在家裡守幾座龐大的空屋子的，就是死了丈夫沒人提攜的大奶奶和一兒一女。

P.13

國忠自娶了妻子之後更不把母親放在眼裡了！他仗着經理商業的美名——他們在有些做着南洋生意的分行在A市，終日在A市狂嫖濫賭，聽說已經納了个妓女做姨太了；却放着悍潑的妻子終日和婆婆鬧意氣！年紀已經算老了的大奶奶，便很想遷居來A市，一方可以監督監督財產行裡的，他方亦想脫離這十餘年來黑暗的牢獄！幸而今年三叔們因是和他的兒子國貞完姻，從南洋回來，春大奶奶便跟他來A市居住了。

來了A市的隔年，大概是受了点潮流的激盪和女兒的多番請求吧，大奶奶終于聘請了一个四十多歲的吳女士，來家裡教若蓮讀書和刺繡。

"我的甥女——我姊妹的女兒在W中學校

154

图明（B）10×20

P.14

裡唸書，她们明晚要演白話劇和歌舞来慶祝学校的三週年紀念。大奶々，你们可就不曾看过新劇的？明晚和若蓮一同看々去吧！我来这裡邀你们同去。"吴先生拿了三張入場券出来。

"我们總是不敢到大门口去的，真羞人！——敢到学校裡去嗎？多謝了！"因慣了深閨的大奶々来A市雖近一年，还半步不曾到外面逛去。

"怕什麼？看々開眼界是好的！真有趣，女学生演的新劇。我的甥女是裡面的主角哩！"

"娘，和吴先生同去还怕麼？……"聽見了女学生做戲，把若蓮的好奇心鼓動了。

"那末，你和弟々跟吴先生去吧，我卻不想看。"

"先生，你的甥女叫什麼名字？讀什麼書呢？"若蓮頂喜欢的，羨慕的，就是市上那些举動活潑，丰度新鮮的女学生。她想，能和她们做朋友就真好了。

"她麼？她叫許慕鷗，是个很聰明的女学

155

P.15

生。不是我夸口，A市的女生就只有她的才学最好。她和男生们一同讀書，他们的第一名都给她夺去的。她爱好文学，报纸上時时都有她的文字。”

“令嫒女几多歲了？还和男生一同讀書広？”大奶奶露着驚疑的眼光！

“近几年来，A市各中学都開女禁了。男学校招收女生哩。这叫做男女同学。”吴先生向她解釋。

“也有人给女儿去那裡讀書広？”

“怎広没有？现在的新女子還怕男人広？”吴先生虽上了年纪，但淺薄的婦女解放論她却非常赞同。

“娘，你看人家的女儿多広自由？我怎広連纯粹的女学校都不给我讀書去哭？”

“呵哟！你那比得上人家，快不要这樣说了！在家裡讀不还是一樣広？”大奶奶有時就嫌吴先生好把这樣的话说给女儿听，把女儿听壞了！聘請先生来家裡教書已给三姑们说了许多閒话了，给女儿入学校去还了得嗎？自

156

P.16

己的本意也是不赞同的。

四

秋尽冬来了，北風一天比一天刮得利害了！一到晚上，雖然闹热的馬路还是明灯爍煉，車馬游龍，但除了暖裘大氅，深躲在汽車裡或高楼大廈裡的富者之外，一種蕭條的凛冽却充满人間了！

若蓮近来漸々感到寂居楼上，对着喃々念佛的母親的家庭，有不少的苦悶了！

每晚上擁被对着灯光，听听外面在寒風裡凄厲的賣什食的叫賣声，和悠然不絕的車鈴声時，莫名的鬱悶籠罩在她心上。那晚上劇場中的一切印象，便是她無聊賴的追憶了！

近来许女士到她家裡两次了。她把许多什誌類的書籍借給她，也和她讲谈许多她所未嘗听过的言論。

157

P.17.

时髦活泼的女学生的梦，她时时在做着，解放自己，让自己自由的幻想也常常演着。她開始怀疑舊社会舊家庭的一切制度！

看着女兒憂鬱的情形，和她的屢次苦哭的请求，大奶奶的心也稍稍转移了。而最打動她的，还是当她泣诉自己的凄凉的命運时，吴先生的有力的譬解：

"大奶奶，可知我们这班全無知识的舊女子真可怜呢！自己终身的幸福都给父母一手包办，一手破坏了！现在呢，这些女学生们就不同了，自己选择配偶，不满意时还会离婚呢。"说起来吴先生夫妇也算是怨偶的！她丈夫是个卑污無情的商人，现在已经死掉了。

"我自己的都不用说了！先生，我只担心蓮兒将来的命運！……"眼看女兒一天大似一天，她也为女兒的婚姻問題一天烦恼过一天！

"给她入学吧！等她自己恋爱个有才有貌的佳偶不好么？……"

158

这樣的谈话不止一次了，從前怕女兒听坏了的吳先生的言论，現在大奶奶自己也很喜欢听了。不过她心裡總怀疑着：'这様的新潮就是違背了古圣先王之道的！'她想，女儿由她去吧，時代不同了。譬如是自己年少時，就数没勇氣这樣做了。

她和她的弟々——给有钱的姊夫推举在A市的商店做副経理的弟々商量之後，才决定给女儿入学。幸而三叔已回南洋了，可以瞒过他。可是那只知賺钱而看了一些装的女学生的片面不规则行動的弟々，却劝他的姊々無論如何也不能给若蓮入男女同学的W校，最好还是入纯粹是女生的学校。

会诵古文会吟唐诗的若蓮，的科学却毫不曉得普通的科学。她托吴先生請求許女士在寒假内，教她一些算学和英文，預备明年入学的基礎。

平素不大喜欢交结朋友的許女士，在短促的寒假裡，竟和若蓮半像師生半像朋友的，不知不觉就有些爱好了！

P.18.

P.19.

春天到了，紅的綠的花草正點綴在宇宙間時，若蓮迎着她十八歲的青春了！二月初旬的南國的春天，正是繁花似錦的全盛期；她近來常常感到一種無力的沉醉，有時卻又感到一些無名的煩悶！

她的學生生活，跟着燦爛的春光一齊開展了！

經了許女士的介紹，她進了C教会創办的女子中学初中一年級。入学的時候，报了‘芷青’的名字——許女士給她起的名字，同学們都‘鄭芷青，鄭芷青’很好听的把她叫着。

她入学那一天，就得了同学們‘美人兒’的稱号！

“這次投考的新生中，只有高中部二年級的插班生×××堪和她匹敵呀！真可愛！这个学期教授這兩級的先生們真艳福不淺呵！……”幾个教員在教務主任——最好搔首弄姿的宗師——房裡高談闊論地批評学生時，都稱贊她的美麗！

160

開明 (B) 10×20

P.20.

年紀只有廿餘歲——教員中算他頂年輕的宋先生，遇到了他的女学生時雖然勉強裝做得威仪凜凜，但在芷青的面前，臉上的微笑總是浮現在他！

C教会在A市創办的这所女中学，有她过去三十餘年的歷史了。女学未發達時的A市只有她这一所，那時算是她的全盛時期。近十餘年来，老是守着舊道德的校風大不受女学生们的欢迎，差不多瀕于崩倒了！去年另聘了个大学畢業的新教徒宋師玉来任教務主任之後，学校才算有些起色，不致給近年来春筍般教堂的A市女学所排擠。可是那班抱着聖經的老教徒们，和專先林盤外面的E國老處女的校長G，却对他的施行新政抱反感！

初次嘗到女学生生活的芷青，雖然不像同学们的活潑伶俐，但頂喜欢修飾的上帝女兒们——每晚上做手工做到十一点鐘十二点鐘，把工钱積起来添製服裝的虛榮者的習氣，她却漸漸染到了！和同学们去过幾次大公司後，她便敢独自一个的從裡面出出入入的買東西了

161

P.21.

！——A市女学生頂喜欢去的就是滿目燦爛，一股洋貨香撲鼻的大公司。夕陽西下的放学時間，總有不少的她們在裡面徘徊着，觀玩着——尤其是自從青天白日旗掛上了A市的數月以来，婦女協会成立了，女学生的人數也增多了，街上跑来跑去，公司裡出出入入的女学生真的增加了許多了！

逛逛馬路，逛逛公司，都市的物質文明，給她以相當的誘惑了！

五

C教会的E國人真是難得，他——她——們本着主耶穌的博愛精神，把整千整万的洋金，匯到我們國裡来創辦教育机関，建築些含有English-Style的洋房子做学校。不消说，和租了一兩間湫隘昏黯的民房，便掛起市立，私立的招牌的学校比較起来，~~帝國主义由他去帝國主义~~，

162

開明 (B) 10×20

~~一班的~~青年学生们望了望那含有诱惑性的堂皇高大的洋房，聳起在绿草如茵的運動場上，为精神身体两方面着想，总还是低着头咒合了眼睛，跟着叫主耶蘇更为上算吧！

P.22.

在伸出海港的一片地上，向馬路那一方，圍了一帶很高的垣墙，只有一个大门可以出入，裡面便是C教会男女学校的高楼大厦了。臨海的那片草地上植满了高大的灌木；靠東一隅，便是花園——E國人和教徒們行樂的地方，遍植着那些不知名的西洋花木，和许多中國所特有的名卉異葩。在这裡向海面一望，对岸是蒼黛參差的K山，（亦是E國人所開闢的一个租界）廿年前只是人跡不到的荒山，現在山上山下，都点綴了许多西人的洋房子了，也成了A市民衆唯一的遊息的地方了。

这裡雖然不及K山的别成一片樂土，但總算是世外桃源了——A市的市外桃源了。

这晚上，正是春風沉醉的三月杪的時候。紺紅的晚霞襯着蒼黛的K山，越顯美麗！柔瀚的藍得可以染指的海波上，翻飛着幾隻潔白的

163

P.23

海鷗，和那往来如梭的小汽船，競誇速率。如火如荼的玫瑰花，漸次成陰的綠樹；白的洋楼房，楼上婉曼的琴音……这些，这些，把痴坐在小亭裡的多愁的芷青沉醉了！

一陣輕風挾着海所特有的氣味吹来，膝上那冊英文課本再也看不下去了，一種輕洋洋的感觉直撲上她的心和身！

——就要回家呀，多看一忽兒景物罢！明天考不出也由她去了。英文也是宋先生考的，他若和昨天考算学時那……她想到这裡，感得師生对她的態度有点暧昧，心上不觉跳了一陣！

“阿啦，真聰明！这次月考是你第一名了！連你平時頂討厭的算学，也得到A了！”她的同級友陳巧嬌——頂好刺探同学和教员們的私事的，麻臉而好修飾的巧嬌，露了一痕冷笑向她说。“宋先生往日就只用心教你一个！”

“那裡的事？我的算学答題錯了两个呢！你怎会知道？”她以为巧嬌在騙她。

“谁和你開玩笑？宋先生親把記分簿給我

164

開明 (B) 10×20

P.24

看的。……我们一同問他去！"巧嬌又起了一層疑心！

師玉驀地見藍青到房裡来，濃笑在他臉上浮露了；但跟在後面的巧嬌一踏入来時，他忙把笑痕收縮了去。

"先生，藍青说她的答题錯了两个呢，怎広有一百满分？"声势汹汹的巧嬌，準備着向宗先生進攻！他对藍青的態度她有幾分看在眼裡了。——"是C教会津贴他讀大学的，他家裡窮得很，從前母親是在M牧師娘家裡洗衣服过活的。……"她常常把这樣的话告诉藍青。她想，有钱的姑娘一定瞧不起他的——对宗先生進行不遂的巧嬌刻刻在想向他復仇！

"那裡会錯？你自己记錯了吧？！"他態度鎮静的把眼瞟着藍青，想引起她的醒悟。但全無经驗的她还茫然不解。"明明是錯了两条哩！我考完把原稿对过書本的。"她这樣说。

"把试卷拿来檢看不就清楚了広？是先生查錯还是你记錯。"

"试卷已经交在校務室裡了。"

165

P.25.

"呵啦，先生！我明白了！……"试卷分明是叠在书架上，巧娇的尖锐的眼光和钱声冷笑把师玉着了急了，他亦把教务主任的尊严放出来！

"什么？！难道我会查错么？你们学生的分数真是要守秘密的，一给你们知道就發生纠纷了！……试卷就是在房裡也不给你们看的，这是学校的法例。"

巧娇撅歪着嘴和她出去了。

"笨美人！"他望着芷青的背影，又爱又恨的骂了这一句。他想，童稚的她还不懂得人情世故吧？自己進行的方式有些错了，有機会的时候要親自向她表示一下才好。

一陣晚餐的鈴声響着了。嬌红的晚霞漸次褪了顏色，淡淡的暮靄籠罩着一切，啾啾的倦鳥的叫声，在樹陰裡不絕的喧噪着。芷青很想回家去的，她料着寂寞的母親一定在家裡等她，等她回去和弟弟圍桌子用晚餐了。但她總是不捨得就起身来。

"芷青，你还在这兒貪戀着景物么？春光憎

166

P.26.

人，春晚的風光尤其令人沉醉呵！……”师玉忽然在背後跑来，斷斷地对她说。

“呵呵！是宋先生！……你们不是都用着飯么？”没有和男性應接的经驗的她，独自一个晤到了滿臉堆着笑的宋先生時總觉得不自然，尤其是今晚上——猜出了他对她的態情不尋常以後，她心裡跳動地蹦踏着！

“她们都用飯哩。我看你一个在这裡，就不想吃去了。……”師玉早看着她在園裡的，因為巧嬌尚未回家，和那貓似的隂柔而喜欢诈取学生们的東西的H監学也在園中，他只好遠遠地徘徊着。鈴声一响，群众的腸胃都在工作時，他才假着说要出街，飯也不吃的跑到这裡来了！

她只紅着臉低下头，想不出什么话来。

——他真的对自己有意思了！……呀，早一点回家去便好了！達到相当年齡和看了不少的描寫着恋愛的新小说的她，心裡也充滿好奇的嘗试慾望。宋先生的光滑的臉兒雖不見得怎樣可愛，但大学畢業，洋服穿得大方

167

P.27

，修飾得時髦勻整的青年男性，也給她以不少的誘惑！可是他家裡既一些資產亦沒有，又要叫洗衣婦做婆婆，这个無论如何是可恥的吧？做不到的吧？！感觉銳敏的她，在这个時候便想及未来的問題。

"蓝青！你昨天的算学答題錯是錯的，但你不会明白我的心麼？……"急性的宋先生步步迫人了！主耶穌喊得比别个青年起勁，瞎到女人老是低着头~~的他~~，以求C教会的西人们欢喜的他，在这暮靄蒼茫中，春氣磅礴裡，对着眼前羞怯嬌慵的少女，可再也不能使他無動於中了！

她仍是沉默，自己感得两颊像火烘般發热，很费氣力地在一種高壓的空氣中掙扎着！

"你们的英文明天要試驗Lesson 5和Lesson 7，其他的你可以不用读吧！"

"……那末，先生！用不用gire meaning呢？"她勉强擡起头来。

"不用也可以的。你的英算~~程度~~趕不上你的國文程度，你的國文是很好的。下课的時候

168

~~你~~不妨把课本拿来我房裡，等我多教你些。"師生的恋愛関係，老是在補習時間内發生的，他想利用这个時間。

"怕先生不得空吧？"她渐渐有说话的力量了！

"那里？你要就侭管来！我很希望你這两件科学多注意一点！"他想，我的心裡念你念得不得空是真的，你怎麽不知道呢？……

……但他総没有说出来的勇氣！

暮色渐渐把他俩深深地籠罩着。

"Good-by！宋先生！"把書本拿在手裡，她向他点了点头别去，她的小婢来找她了！

"可愛的嬌美的小鳥！……"他还侭站着注视她那給暮色包圍了的模糊的背影！

六

"蓮兒！怎麽这樣晚才回来呢？不要太用

P.28.

169

P.29

工了！你看看自己的脸儿，近来给晒得多么黑赭啊！"她缓回一刻時，大奶奶便很焦心地等着，却累那無辜的小婢跑来跑去的催促她。

"这几天刚考试着哩，所以下课後还要在校裡温習。"她不好意思地答着。

"姑娘！成衣的把那套綢衣裙製好了，他問你要配上什么颜色的花边呢？"丫婢绛桃捧着一套花纹新鲜的衣裙問她。

除了星期日進礼拜堂要穿学校制服之外，（教会女学生的日常服装是没有限制的。任你装扮着什么花样款式，任你有什么就穿戴什么，那些争奇鬥艳的女学生，便把全生命都灌注于讲究衣飾上面去！害得雖在一地而禁限森嚴的男校員生们神魂顛倒，也造成素以平等为口号的她們对貧富的階级特别的看得分明！

她自入学以来，第一步革新的便是衣飾的時髦。只要女儿喜欢的母亲，毫不吝惜地把雪白的花銀来增長她的虚荣心；只要她一開口，便立即照办了。惹得頑劣的弟弟国贤红透了眼睛，不常回家的哥哥国忠也对她越抱反感！

170

P.30.

"淺藍色的，配上白花边罢。"她今晚上
不像平時般把衣服躊躇研究了，只懶懶地看了
心裡像塞住什么東西般，
一下。吃了晚飯，便独坐在房裡了。
——他的態度真令人胆怯，見了我老是笑
迷迷地痴望着！、、、、、不要是在勾引我麼
？不，他对我可算是溫柔真摯的！由他
今晚上的言動看来，他真是竟谢着我，愛
恋着我呢！…………同学中亦有幾个很美
麗的，怕比自己更美麗的，他怎么就只愛着
我呢？……"她感到臉上一陣温热，心
房也卜卜地跳動起来！
她站起身来对鏡凝視。
——羞紅的双頰，流動的眼珠，柔蕩的睫
毛……这樣的容貌不见得不会動人，
惹人愛恋呀？！她不觉顧影自憐，呆呆地
站在鏡子前面。
——要給我補習英算，怕也是他的策畧吧
？他真的在向自己这方面進行了！……
呵，我要不要補習去呢？要罢，就不免接
受他的政策了！呵！不，还是不要理他吧

171

P.31

！他不是我理想中的爱人，他没有偉。靠教会为生的人多着呢，失了巨國人的欢心和信任便不能继續地位的那樣会着眼睛大喊救主的態度真是可恥，可笑也可怜！有真才实力的人，还要受这樣的屈服嗎？、、、、、未嘗踏入社会，看了教徒們偽善的言動的她，对宗教抱根本的憎恨！

——他与我的年齡也不相稱哩，他不是已經廿四五歲的人麼？礼拜堂裡晓到的青年男学生們的活潑和浪漫的氣概，已非在他那平滑的，刻上經驗世故的痕跡的臉上所能找到了！、、、、、、

——不过以初中一年级学生的我，能夠給大学畢業生的他愛上，也可以無憾了！自己未来的愛人——丈夫是学士哩！、、、、、、宋先生那張装在鏡框裡的穿着和尚襖般和戴着四方帽子的他的大学畢業時的影片，確会使乳犬般的中学生死心塌地的傾慕着，——陳巧嬌也是頂熱切傾慕他之一个。

她腦根昏乱地從鏡前轉身倒下床上。

172

P.32.

到宋先生房裡補習与否的問題和爱他不爱他的問題把她苦恼了一个整宵，到明天入学時还不能决断。

再过一天是星期日了，礼拜堂的悠徐的鐘声把她們送進去做着像要打瞌睡般無興味的礼拜！礼拜不單是非教徒們所最憎恶，就是那些喊校主喊得不大起劲的教徒们也感着討厭的。可是平時被監視得不許相交一言、多看一眼的男女校学生，在这兒却能夠相聚一堂，謦欬相親，也給他们以欢樂的機缘——尤其是合着眼睛祈禱的時候，男女生的電子，都在丢来丢去的交錯着！只许自己和異性很親蜜的接觸着的E國老處女G，到後来也会觉出学生们这種暗通情波的方法了。当着神聖的祈禱時間，她都眼睜睜地向監察！意外丢来的限制把女生们嚇得緊低着头，男生們也迴晚他顧！在天的父一定会笑笑地赦去他兒女们不虔诚的罪吧！

这一天，恰巧校長G姑娘病了，監押女学生们進礼拜堂的是H牧師娘——舍監和宋先生。

当喜劇開幕的時候，沒有G姑娘——她

173

P.33

们这些外國老处女(?)顶喜欢夸示自己处女的尊嚴和榮耀，老是叫中國人叫她们姑娘，不叫先生的——在旁監視的学生们都精神活躍，唧唧哝哝地細说着。H牧師娘是个耳朵有些聾和眼睛有些昏花的五十餘歲的老女人，不消说她是笨若母猪的；宋先生呢，因为坐在較遠的男性座位上，也观察不到的。

"嘻嘻！你看台上那个尊唱的两隻又摆開又攏住的手兒，就像巫婆般……！"和芷青同坐的一个非教徒的同学，看了台上那年輕的牧師的滑稽手势，笑得通身撲在她怀裡。

"嘻嘻！你这小鬼老是引人發笑的！……"

"那第四列椅上左边倒数来的那个男生真漂亮！……"

"嘻嘻，他在看你哩，快打回電去罢！……嘻嘻！"

"爛舌根，他正看着你是真的，谁不曉得你是美人兒！？"

真的，芷青認得这个年歲与自己相彷彿，富有男性美的男学生老是注視着她，有一次

174

P. 34

在路上碰到他，他竟尾随着到她家门口来！今天又把她凝视得怪不好意思的。

唱完了赞美歌，是寂静的祈祷时间了。当她的眼光无意中又和他的联成一直线时，他露着一列白齿在向她迷笑；她把丢红了的脸孔连忙转过来。一瞥间，看见宋先生也正睁大眼睛，把视线凝集在自己脸上！她以为她俩的秘密给他知道了，心头狂跳地低下头去！

其实宋先生亦凝视她得出神，并不知道除自己外还有那个男学生在向她进攻！

礼拜完结了后是募捐。今天男座里恰巧派出那个男生，女座中也派出了一个女生。两个都性快地捧着铜盘向人劝募。银毫和铜子的声音铮铮地作响，站在台上的牧师张着慌喜的笑脸在视望，他每个星期辛苦的目的，都在此铮铮声中偿到了。

芷青的座位在第一列，那个男生行向她身旁过时，特地把她的衣角擦着，还笑迷迷地看了她一下。可恨男性就不能向女性募捐，不然，他定高捧铜盘跪在她脚下的！

175 完

~~喜剧结束了，男校先到队出门时，他还不住地回头来望着她。~~

~~（未完）~~

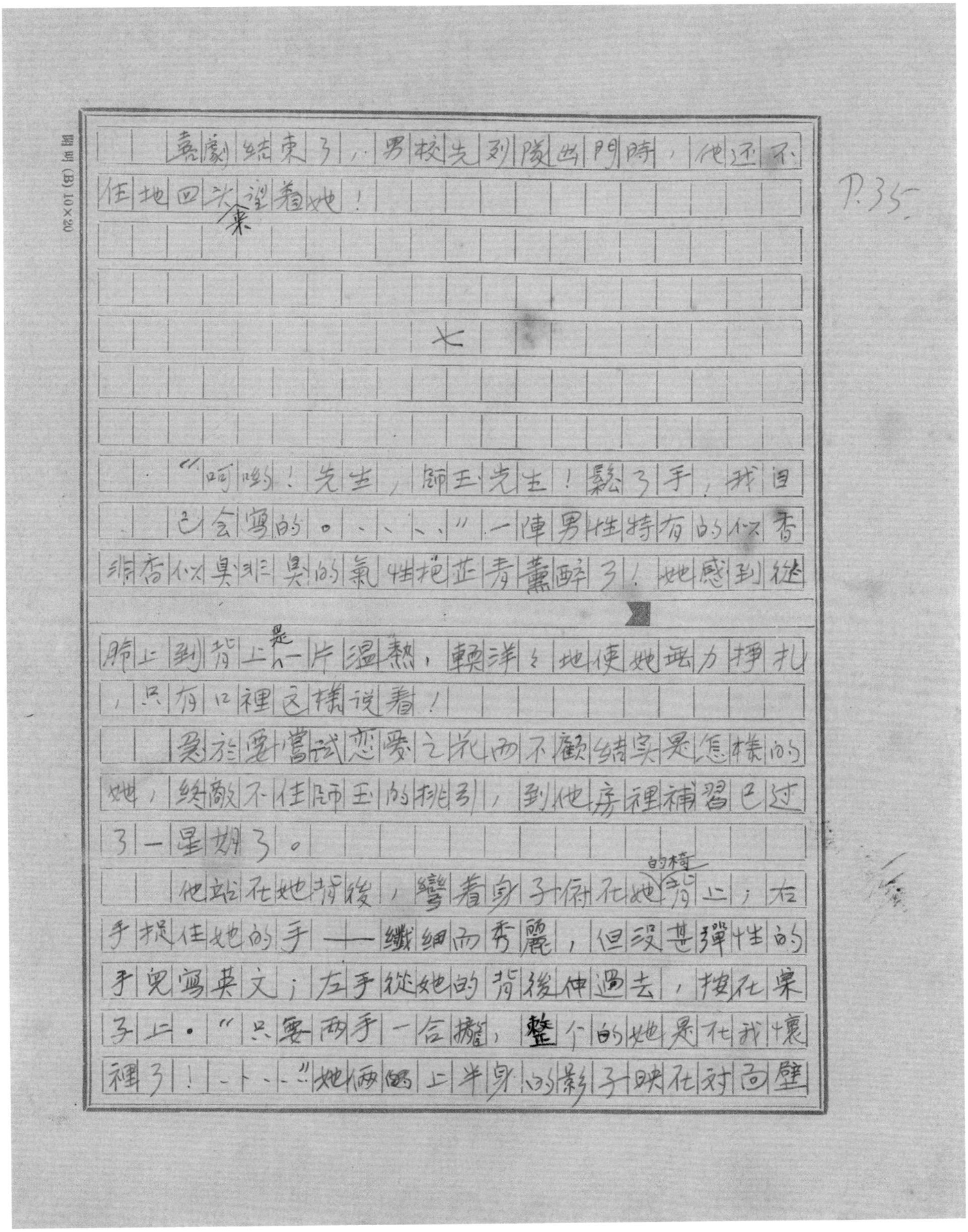

喜劇結束了，男校先列隊出門時，他还不住地回头来望着她！

七

"呵喲！先生，師王先生！鬆了手，我自己会寫的。、、、"一陣男性特有的似香非香似臭非臭的氣性把莊青薰醉了！她感到從肺上到背上是一片溫熱，軟洋洋地使她無力掙扎，只有口裡这樣說着！

急於要嘗試恋愛之花而不顧結实是怎樣的她，終敵不住師王的挑引，到他房裡補習已过了一星期了。

他站在她背後，彎着身子俯在她的椅背上；右手提住她的手——纖細而秀麗，但沒甚彈性的手兒寫英文；左手從她的背後伸過去，按在桌子上。"只要兩手一合攏，整个的她是在我懷裡了！、、、"她倆的上半身的影子映在对面壁

P.35

P.36.

上墙的鏡裡時，他抬起头来，不覺看得呆了！魔女的肉香——实際上是香水的香，香料的香吧——把從来不曾接近女性的他沉醉了！激刺得他幾乎对着掛在鏡子上面的聖像犯罪！但信徒總是信徒，飯碗的信条很快的在聖像上顯露出来。想到房門是不能够関上的，他像澆上了冷水般把火般的情慾漸々熄下！只有黙然地呆望着鏡中的影子。

"啊啦！先生！你寫向那一行去呢？寫錯了行又寫得不成字呀！、、、"她被握着的隻手無氣力地只由他指揮，騰躍的心房也沒有注意到怎樣寫法。眼睛偶而注視到紙面上時，看見上面绘畫上許多大圈子和直线。寧一寧神，不覺笑起来！

"呵呵！、、、、哈哈！、、、、"他神志清醒起来，也不覺笑了。索性緊握住她的手不動。

"怎麼？先生！、、、"她抬起头来從側面望他，两人的視线構成一直线時，俩的臉上都感得難為情的羞熱！

"站開吧，先生！我自己会寫的、、、"掙

P.37

脱了手儿，她颤声地说。

"要你叫師玉哥哥……不，叫師玉先生不好么？老是先生，先生的……"他偷偷地在她鬓上吻了一下，才鬆了手。

"怎么要冠上别字呢？累累赘赘地谁喜欢叫？……"

"冠上别字才显得師生的感情好。女学生爱先生，总应该喊他的名字的。你不知道？……"他走来坐在她对面的椅子上。

"誰知道？……騙人的！"她露着嬌嗔地把头儿歪了一歪，嵌在耳朵上的鑽石耳飾，也閃了一下光芒。

"怎么？你總愛帶上耳環的？女学生们不是都不肯帶上的嗎？……"

"谁喜欢帶牠？顽固的母親死也不肯我除去的，我们这裡的俗例是戴了父母的重孝時女人才不帶耳環。所以她不肯给我除去啦！"她恨恨地把牠摘了一隻出来，丢在桌上。

"你怎不叫你母親来礼拜堂裡听道呢？来皈依上帝吧！進了教会就不会循着这些俗例

P.38.

了，多快活！？"他想乘机劝她入教。他知道富室的爺爺奶奶們是頂憎惡C教会的——從前貧無立錐的窮人们，因為要得外國人的資助和保護才附入的C教会，富人们是鄙棄而不屑與為伍的。自己將来的希望是很难实現吧——做富室的女婿的希望是很難实現吧？自己就是一个依C教会為生的窮光蛋，社会上全無位置的窮学生！如果她们母女倆能夠成為上帝的女兒時，那就沒問題了。——经了幾次的晤谈，她的身世他也略略知道了。

"要入C教会做什麼？難道我们沒有事做，沒有飯吃麼？要学你们这樣的偽善!? 我的娘頂憎恨C教，她还囑咐我不要給你们宣傳去了呢！……"她像有意要道破他的弱點般笑着说。

"難道C教會根本上不是很好的宗教麼？……怎麼要沒有飯吃才可皈依牠呢？……"他不覺把臉飛紅了！平時那種衛道宣教，洋洋洒洒的大言論也说不出口了！桌子上的鑽石耳飾在閃閃放光，他只得顧左右而言他地说："这是Diamon 嗎？要值幾多塊錢？"他把牠放在掌上。

"什麽来阿門的？誰懂得你的話？"

"就是鑽石呀，这是真的还是假的？"他似乎很注意牠。

"啊啦！真看小了人！我就只有假的麽？雖然这兩粒顆不是好鑽石，但也值得三百多塊呢！"

"三百多塊！……啊啦！……"從来不嘗有过貴重的珍品的他，嚇得把舌头伸了出来！拿在手裡不住地婆娑玩賞。"要我教一年書的代價才能夠買得起牠，呵呵！……"他心裡这樣想着。映着由窗外射来的夕陽，閃閃的光芒像在向他示威，又像在向他誘惑！

真的，学校裡亦有不少模樣好，讀高級的女学生，宗先生之所以特别地愛恋她，想佔她為己有的大原因還不是為了愛情以外的金錢？——主耶穌都給牠賣去的金錢。鄭和爷的富名不但為市上一般商人所熟悉，就是这不与世爭的教会的信徒的教育家也都知道的。

開明 (B) 10×20

P.40.

"这樣少見多怪的！……"他的態度把她弄笑了。"我七嬸嬸的一条金鑽石頸飾，可值两万多塊錢哩。"

"牠的值錢我是知道的，不过自来没有看过罢了。"他也觉得自己有些窮鬼相，给她小覷了！連忙把掌上的耳環放回桌子上。

"送给你要嗎？给你的宋先生娘帶上要嗎？你们教書先生，是買不起这樣的東西的！……"她抿着嘴笑着，把右耳的一隻也摘了出来。只有一星期的補習便把她变得和從前很不相同了，把先生当成朋友般，有勇氣談笑起来了！她明知道他没有妻子的，但她總要説这樣的話——看他那么着急地辯白的情形以顯出自己的高傲，同時也得到種莫名的快感！

"谁和你説的？什麼叫宋先生娘？我不是和你説过幾次了嗎？我是个無家的飄泊者！……你到现在還不信任我麼？……"他不大喜欢承認他還有母親——年青時辛苦撫養兒子，到老了独在寒村裡守着幾間破屋子的母親

P.41.

！他时常和她说得声泪俱下，说他是个无亲无戚的孤儿！除了M牧师夫妇之外，世界上再没有人爱他的孤零者！

“你还有慈爱的母亲，我呢？一切都没有了！”他也曾这样的安慰她，当她听了他的诉苦后，也把自己凄凉的身世告诉他的时候。

“先生不还是有母亲么？怎不接她来A市一同居住呢？”“她，她是我的继母，待我不好的！”因为要把伤感主义来博她的同情，他就不得不故意地说了违背良心的话了！

“向你说玩不得么？就要这样认真的?!”这时他那真挚的又气又恨的态度可使她感动了！“他也和我一样的可怜！以后不要难为他了！”她这样想着，同病相怜的装出笑脸来安慰他。

“以后求你不要说出这样刺人的话好么？芷青！你应该明白我的心呀！——”他想，是机会了！他看出她给自己克服了！

“芷青，你的婢子来找你呢，还不家去？

這个时候外面有同学在喊她。

"就来了，"像挨不得似的，她懒懒地抬起身来把耳環依舊帶上之後，便收拾起桌子上的练習簿和書本。紅的夕陽已经掛在窗外的樹梢上了。她想，今天連算学都没有教了。

憶起早間他緊握住自己手兒的情形，她臉紅紅地和他点了点头便出去了。站在門外的小婢忙把書袋從她手中接过来。

八

每天下午放学之後，她便到師王房裡這樣的混了一小時左右的。這与其说是補習，無寧说是談情吧？有時差不多連练習簿都没有搬開，書本都没有由書袋裡拿出来也有过的。这不單是宋先生不想教，实是求智慾很強的芸青，也懒得听那枯燥無味的方程式的代数学了！不过漂亮時髦的英語，她却時時叫他口授給她。

P.42

明明 (B) 10×20

　　他俩这样露骨地言动不只引起巧嬌刻骨的妬愤，就是同学和教员们也都看不过去的！不过並青有的是偉，H教師娘方面既送了不少的東西，同学方面她也曾馈送了许多由南洋带来的特有的粧飾品。所以另住在一座楼房裡的校長S姑娘还不知道的。

P.43

　　他和她的恋爱到现在可说是達到了相当的程度了。懦怯的他虽然修理着她那两片小巧的唇儿还不敢加以侵犯，可是她那对纤小的手儿，就不知道给他紧握了幾多次了！最後的通牒他也曾经發出了，可是果决力薄弱的她，總不能有所答覆！她近来也嘗到恋爱的苦杯了！

　　她极想把这难决的问题向许女士申诉，要求她的帮助的。然而许女士算是她的畏友，她觉得向她说出嫌師玉不是富人的理由不能充分，也感到自己心理的卑鄙，總不敢向她说出来。

　　薰风把炎暑送将来了，校園裡那株荔枝樹上的果实红得醉人。周圍的榕樹——嶺南所特有的樹——也濃陰如盖，樹上的蝉儿更吵

P.44.

得人轉々思睡。這時，学校正在忙着举行放假的考試了。

“這裡真涼哩，師玉先生！”在樹陰裡的亭子上吃点心的她，看他来了就站起身来。

“你真曉得享福，連午餐都拿来這麽涼快的地方吃！”回头見前後没人，他忙走上去把她那握住箸子的手兒捏住。“這兩天你為什麽不到我房裡来？真把我悶死了！”他佟撫摸着她那露在短袖下的一段柔嫩的腕臂。姑娘们用的紅牙箸子配着瑩白的肉臂，真是嬌艳可愛！他想，能夠把這个当午餐吃下就痛快啦！

單薄的印花紗的上衣幾乎把裹在裡面的肉体透漏出来。他眼裡放射着的情慾火光，佟望得她有些怕駭起来！

“放鬆手，我要吃東西呵！”她連忙掙脫了。“X告訴我，說巧嬌把我補習的事情和校長說了哩！我不想再去你房子裡了！……”

“真的麽？……但補習并不是壞事呵！”他說後，忙把臉上驚慌的表情收斂了。

開明 (B) 10×20

P.45

“爱牠是坏事不是！不过名誉是要紧的！我们以後晤到的时候放尊重些罢！”看了他那种怕给C教会的执事们不信任而不得饭吃的恐慌情形，她厌恶起他了！她想，浣玉说的不错！‘他既然不算是你恋爱的对象，那还是早点不理他好吧！’侭迷恋着和男性周旋，这心理自己要解除才好的！

“我要温习书去了。……”她走来喊那呆坐在荔枝树下的小婢把点心收拾了家去，自己亦跑向讲室里去了。

“怎么她今天突地改变了態度呢？！……”他想到她若不能为自己所有，同时C教会的饭碗也要摔破时，他几乎流下泪了！

——没怪近来校长G在朝会晚会中总不曾请我祈祷——平时是非我不行的！她以为我犯了罪吧？……她对我的脸色亦不大好看！啊啊！……”他近来常常抱怨上帝，恨他不给他些富人所特有的东西！他眼看着这娇美的小鸟从绿阴中飞去了——在自己手里挣脱着跑去了，他真痛心！

过幾天，学校放假了。她終于没到宋先生房裡去便收拾起校裡的用具回家了！

行散学礼那天，校長立起来致训词時，她说：现在你们中國的青年男女，染到極不好的自由恋爱了！我们西國人都有相当的学識的，还会惹了些越軌的事情呢；你们都是程度幼稚，不曉得交際的，更不可有这等事情！…、、…以後希望你们——教员和学生——都要守規矩！若一经發觉，是要嚴重處分的！—、—、、—、她說完向宋先生望了一望才走下台去。衛道的牧師——教员——們拍拍的是一陣鼓掌声，同学们向宋先生望了一眼後又看着黃青，隔着两排椅子的巧嬌還特地轉过头来向她冷笑着！ P.46.

胆怯的她只是又氣又急地低了头，不敢即刻跑出礼堂来。一方面想像着師孟那红了臉偏促的表情形！

散了会她便一溜煙跑回家裡去了。平時頂好参加開会的她，這下午的全校同樂会她也不去了。她想到不能和他握手話别時也觉惆悵不堪！在家裡悶坐了幾天之後便渴想着要晤他，和

P.47

他像过去般谈笑着！但无论如何，她总没有找他去的勇氣和决心！

她刚午睡醒来時，幾个~~要好一点的~~同学和和她要好点的同級友浣玉跑来她家裡找她坐谈。

“你怎么那下午不到会呢！……”

“是的，你怎么不去？我们都等着你做級代表哩！”叫華如容的級友说。

“我那下午头痛啦，母親不肯給我出門。”

“哈哈！看你这張嘴，佬骗人！宋先生在等你哩！……”一个同学大声的笑了。“說得对！”她们都拍手表同情。

“呵啦！你们都不是人！看見鬼呀！……”她把手中的荔枝核子擲着她们，她们也把香蕉皮和花生壳打她，大家嘻嘻哈哈地笑鬧着！

“不要頑啦！来人家裡这样吵鬧，全没点斂息！給她娘听着，以为女兒妍上了宋先生呢！”浣玉说完自己也掌不住笑了。

“玉姊！呵啦！連你都欺負着我呵！……”她急得紅了臉子。

“不用瞞我们吧！宋先生幾時来向你娘求

轉向下

P.48.

親的？”一个同学掩着口笑说。

“那有这樣的事？呵哟！谁說的？……”

“還秘密着么？我们会凑上一份贺礼的，赶快公開吧！……”

“你们都是聯合着来寻我的開心的！呵！”

“真的没有这樣的事么？巧嫣说，你们俩是恋爱着的，因为你娘嫌他是窮人，把你俩的好事作梗了。……嘻嘻！恋爱是不可把金钱看成条件的，是不是？……”一个同学嘲笑地说。

“巧嫣说她自己是你的情敵吧？哈哈！”如容说。

“她真会造谣，冤屈死人了！……”她急得幾乎流下淚来。

“不要生氣，我们说着顽的呀！……”

楼梯上一陣脚步声。吃了素和唸佛的大奶奶近来渐渐肥胖了，她很费力的把那对小脚指着体重，一步步的運上楼来。

“回去吧！”她们坐在大奶奶的面前，把有说有笑的顽兴都收斂了，不一会便先辞了。

P.49.

九

送她们出门口来時，浣玉讓她们先走了幾步，拉着她再跨入門限来。

"芷青！你的名誉给巧娇破坏得很不好听！同学们都背地议論着你哩！……宋先生已给辞退了，你知道嗎？他為你弄得真可憐，究竟你愛他還不呢？昨天他刚去校裡收拾行李，曉到了我，就把这信兒托我轉给你。他说，他不再見你一面是不願離開A市的！他叫你……呵，信裡寫着了，你自己看罷！……"浣玉一口氣说着，從袋裡掏出一封淡绿色封面的信子给她。她茫然地呆视着浣玉，把颤動的手接了过来！

"究竟，你对他感到~~什么~~愛嗎？看他真為你苦悶着呢！呵……"

"浣玉，说什広秘密话兒呀？还不出来？"

此段空低两格 每行

她们回头不見了她，在巷口大声的喊着。

"就来啦，我忘记帶了手巾兒呢。"浣玉大声答着，再拍着她的肩上道：

"我要去了，放出些勇决来，芷青！……他叫你無論如何，要睬他一下的。……再会！"她跨出門限来。

"呵！玉妹！我……我……谢谢你！但是我怎樣……？"她心裡蹦蹦地跳動着，拉着浣玉的手。有生以来就不曾受过这樣的激刺的。

"我閑暇的時候再来谈，再会吧！"浣玉打起傘兒出去了。

"红娘姐！你们的事我都听着了！嘻嘻！"賦有儇巧嬌娇喜欢探人家隱事的如蓉，站在門外的角落偷听。

"呵啦！你这个人真不道德！不许你说给他人知道呀，小鬼头！"浣玉半央告半责罵她。

"自然的。不过以後的事，你不许瞞过我！"

P.50

關明 (B) 10×20

P.51.

“也好。你这小鬼，真的不许你说呀！给她娘知道了就糟了。那樣守故的老太婆，怕会停止她继續入学的！……”她俩連忙趕上站在街上等着的她们，一同去了。

芷青跑入房裡，把房門關上時，呆站了一会便倒下床上，把信兒摸了出来。她手戰顫心跳地，抬头偶而望着对面的鏡子裡，自己也觉得臉上有些異樣了！

淡綠色的信封和淡紅色的信箋着她诱惑，她没有讀完就流下淚来了！

他信裡述說他是如何的愛她——自入学試驗那一天，他走过来接她的卷子那一瞬間就愛上她了。如何的為她神魂顛倒，不顧一切！說她是他一生的生活力——一生所遇最深刻的刊印在他心上的女性。如何的終身不會忘記这一次的遇合；如何的願把生命来做代價，只要她接納他的愛，為他所有！……又說，沒有她，不能為她所愛時，便如何的苦悶，如何的銷沉！……又說他可以懇求那个大学校長介紹他去美國做工讀学生，数年以後，博得个头

閣明（B）10×20

P.52

衡回来，才和她结百年之欣欢。他也知道一道高可齊天的貧富之壁隔着他倆，輕易越不过的。不过有了M.A.或B.A.的外國招牌時，就也不怕這道墙不会崩倒了。……又说他已為她犧牲，致受G校長和幾个牧師們的辱罵！A市是站不住了——A市的C教会是再站不住了！恰巧一个在南洋的朋友来聘請他去那边当小学校長，他只得答应了。待来年一有机会，才出洋留学。他本来是捨不得離她遠去的，但有什么法子呢？……他还说，这幾天在学校搬出来後，住在她家附近的旅館中。他像失了魂魄般，每天晚上都在她門口跑过三四次，想晤见她和親手交这信给她的，可是失望了。他的行期就在这兩三天，船票都买好了，只要在C海岸上晤她一面之後，他便離開祖母遠去了。……他最末还说，無论如何，他非晤见她或得到她的回信，是不願意離開A市的，不願意寂然遠去的。作算她不愛他，不願為他所有，也要再给他以晤面最後的，明白解决！……

開明（B）10×20

在信末，他还再三懇求她，在明天早上八点鐘的時候，不论怎樣，（就看師生的交誼上吧）要應許他的请求——到C海岸去暗他的请求。他像祷求上帝一般的祷求着！

在信末，他还寫上一句"我以全生命愛着的芷青！"

世間还再有什麽東西能够比第一次的傷感的情書更会感動着處女的心呢？……

她流着淚讀了兩遍，全个的身和心都好似掉落在浩無底岸的汪洋中！她哭了，不能再讀下去了，只伏在枕上昏昏地啜泣着！

像振作不起神经般，一切的前因後果，情愛，恋慕……在她腦裡只是模糊，惝恍，閃爍！她只有哭——像悲哀又像害怕，又像煩惱和悔恨地哭，只有昏然，昏然……！

不用说晚飯她是吃不下咽了，而红腫的双眼亦瞞不过了母親。

"我，我肚子疼呢！……"她看见娘站在床前，像孩子給人家無端打後，走去躲在母親懷裡般，心裡越加害怕和痛恐的哭了出来！

P.53.

全不知道女兒的幽哀的大奶奶，只有垂着淚一面指点女婢們煮開水，拿万金油，請医生，一面不住的為她按摸着肚子。

有着兩撇鬚子和留長指甲的中医生來把她診察後，莫明其妙的只說是氣逆不調，沒甚病像。開了幾味和平的葯方便回去了。

偷跑出去和鄰童耍得滿臉是汗的弟弟，回來後晚上只一个人靜寂地吃着晚飯。

P.54

十

她半夜裡醒轉來時，明天要去晤他與否的問題在她腦裡騰躍了許久！

開始，她描想着晤他的情形：在他懷中哭倒的說她也像他愛自己般愛着他，叫他放心！——、、、但想到他那像獵犬追逐目的物的眼光是注視着自己，和倒在那樣的男性懷裡為他所有時，她不覺心裡起了一陣悚懼的跳動！——

P.55

儍破壞了處女的純潔和尊嚴的悚懼！

再想到这樣輕易的就把終身許給了他——沒有徵求母親的許可，叔叔的同意就許給了他，在自己如何办得到呢？向娘说明吧？但自己在她面前就像兩三歲的小孩般撒嬌地，怎開得口说：娘，我已經擇上了愛人了——擇上个窮而是教徒的教員了呢？…………这是，是無論如何都開口不得的呵！太把女兒的身份降低了，太把處女的尊嚴毀壞了！…………何况自己只有这些年紀，来日方長呢，忙什麼？……

"自己究竟是愛他了麽？……"理智突然抬起头来，她把自己問住了！縈繞了一陣的結果，她觉得宋先生的可愛和不可愛的程度剛成正比！

開了電灯，她把来信重新抽出来伏枕讀着。

过了青年期，但头髮梳得光可鑑人，臉上老是露着一痕痴滑的笑意的宋先生，像站在床前在向她招手！

……………………

"芷青，你是我的，你的纖手不是給我握

過了么？來，你的柔唇讓我來吮吸着呀！……”浮着可怕的男性的凶光的他的眼睛，閃爍不定，他把她從牀裡緊扶起在懷中！　P. 5-6.

她想掙扎，但嚇得一絲氣力都沒有了，動彈不得！

“我是愛你的！你鬆，你放鬆手罷——……！”

“哈哈，你愛我么？——……哈哈！你這可愛的小鳥！可愛恨的小妖！——……”

她昏然地死般沒有感覺！

迷惘，迷惘……昏迷中自己像站在海濱，他牽着她的手兜跑上汽船的扶梯。下望滔滔的海水使她心寒，她忽然想起母親來！

“我不去了，我不去了！——……我的娘呢？！——……”她哭着，緊攀了扶梯的鐵橫不願再跑上去！

“由得你不去嗎？跑！”在梯上面的他變成了惡魔般，命令式的厲声叱着！

“哎唷！——……唷！……”全身像收縮了一下，又漸漸的鬆放了！她一手合緊緊地攀着汽船下面的縋着錨的鉄鏈子！

在海裡只是跟着海波飄蕩，飄蕩！……

漸々地像安定一些，又感觉手中握着的似乎在軟化着！……

"原来握着的是枕头的邊緣！呃！……"

掉在枕边的信箋给眼淚颤透了，心裡还不住地跳動着！

從噩夢中醒来的她，一直苦悶着到天亮！

夏的朝霞投射在床前的窓幕幔上，大奶々已站在她帳前了。

"蓮兒，怎樣了？好些嗎？娘疼的！……

……唉！"没有足音的母親把她嚇了一跳，忙把枕上的信箋壓在枕下面。

"好了，娘！我要吃粥呢。"她轉过身来。

"静臥多一天罢，不要起身！真是佛祖保佑呀，把娘嚇煞了！昨晚上。"大奶々伸手按着她的額。"还是李医師的方兒神效。你们這些新学生，还反对中医啦！……粥就来吃。……绛桃，打臉水来！"

接着廳上是大奶々喃々唸佛的声音，檀木

P.54

香由廳外面飛進她的房裡。

自鳴鐘在廳上響了七下，把她那捧着粥吃的手兒顫動起来！

——現在是去不得了，娘肯給我出門広？…………她像得了可以卸责的原因，自己向自己寬慰着，躊躇着。

——不如寫幾个字給他吧！……可是怎様寫法呢？説愛他広？……不愛他広？……寫好了叫谁拿給他呢？……呵，绛桃認得他的……！她心房跳動地叫着绛桃。

"什広？姑娘！"很忠摯而有些呆傻的绛桃跑入来。

"你曉得C海岸的地方広？在H馬路尽头的海岸。"她向她望了一会，还没有委决。

"曉得的，姑娘！那兒也像你們学校裡一般，望得着K山哩。"

"那末，書桌上那本信箋和抽屜裡的墨水筆拿来給我！"她放下粥不吃了。

"師玉先生！来信謹悉。先生錯愛及青，

P.58.

P.59.

青非不知也?! 此心耿耿，可質天日。惟青上有老母，殊不能于倉猝間以終身相托。極望先生谅之！先生此去，前程無限，請勿以青為念！青本应款往送行，再圖一晤！惟卧病在床，步履為艰！只有魂随筆往，憾何如也?! 他日先生得如願以償，海外歸来，為学術界放一異彩，則青之所盼祷耳！心滿身遥，不尽欲言！前途珍重！珍重前途！青上。”

她把这信寫好後，看了又看，改攛了又改攛，終于封入信封裡了。但她只是没有付出的勇氣！

——這樣淡淡地一筆勾銷，是表示不愛他了！——呵！太对不住他吧？但是……——她只有流着淚！

“姑娘！要寄信麼？寄往上海岸给谁呢？”绛桃诧愕地睁大眼睛，見她哭着。

“不，没有事，你出去罢！”

——另写一封吧？对他略略地表示一点爱意吧？太对不住他了！——

——索性把真相告诉他吧！自己对他不能

说完全没有爱呵！…………

她只有握着两封信儿，又焦急又苦闷地捶了一个钟头！ P.60.

“嘡，嘡……………外面的自鸣钟敲着八下了！

“完了，宗先生，师玉先生！是我对不住你了！呵呵！但是我的娘…………你不要怨恨我呵！…………”她重新捧着那封信痛哭起来，她恨自己太没勇氣了，自己的矛盾的心情太使自己难堪了，也太薄弱了！但是，已经来不及了！

过了幾天，她的一个表姊——大舅舅的女儿到她家裡来居住，想度过了暑假之後和她一同入学校的。

有了女伴，和怕洩露了秘蜜的缘故，她渐渐地把对师玉的苦闷心情淡散了。他的来信和自己那封没有寄出的都锁在自己的小箱子裡，夜裡不再会拿出来一邊读一邊哭了。

是酷暑已臨的五月天氣了。蟬声很悠揚地飄蕩在綠葉蔭中，更悠揚地吹得在農忙期間内

開明（B）10×20

的村夫村婦們，恨不得躺在幽涼的榕樹蔭下，軟軟的睡午覺。

在都会，季候的更移雖不能給沉醉在紛擾裡的人们以鮮明的感觉。可是熱烈的太陽高照在馬路上時，一般行人和蜷伏在狹窄的楼房裡的人们，却很尖銳地感到夏天的煩厭了。

看了幾本小说，和表姊谈了幾次無聊的對话之後，她又是悶懨懨地不快着！嘗过自由浪漫的学校生活的她，放假不上十天，便在家裡躲得抑鬱不堪了！恰巧许女士又病了，不能来和她坐谈。自放假以来就不曾晤着她面，縁桃两次去找她她都沒有在家裡。芷秀懷疑着许女士对她有些冷淡的樣子了！

這天，淡玉和知容来和她商量——商量下学期要轉到什么学校讀去。

看着淡玉，她猛然間又想起宗先生来！她知道淡玉的哥哥和他认识，很想在她口中得到關于他的消息。但自己的卑怯態度怕給她知道——無责任的对他沒有相当表示的勇氣還是不要給她知道的好！她只紅着臉不敢先向她提起。

P61.

開明 (B) 10×20

"你当然再进不得C教会女学了。就是我们，也给那些圣经念得头昏了。而况外面喊着要收回教育权，打倒教会学校呢！下学期一决转学了。"淑玉说。因为和如瑛同来，她亦没有向蓝青说起别的问题。

商量的结果就是她们四个一同着表姊——都要转到许女士的校里，她们三个插进初中二年级，表姊却投考她的後期小学一年级。

因为W校的学制是秋季始业的，她们插上二年级就算赶上一学期的功课了。國文是没有问题的，只是漏读了一学期的英算课本，要插进上二年级是很困难的吧！

"呵啦！玉姊！我替你们介绍一位品学兼優的朋友——同時也做得我们先生的朋友！"她想再请许女士来教她和她们。

十一

P.62

(B) 10×20

P.63.

落了幾天的滂沱大雨，把炎暑变成了輕凉的初秋一般。真是一雨成秋了，在這嶺南的A市。

昨夜给狂雨嘈醒的她，在凉凉的感觉中再也睡不着了。她扭開電灯来讀着小說，可是碎急的雨声總把她的注意力攪乱。放下書本，她轉过身来，看着睡在床裡边的表妹正死人般醉卧着，身子緊緊的捲在洋氊裡。

表妹的名字叫李碧君，是个年紀已有十九歲的，温存的城内姑娘。她整天不大開口，只有默默地做着很精緻的活計，和看些才子佳人的彈詞。

她也在十歲時便死了父親，跟着母親祖母们寂静的过活着。今年已定了夫家了。未婚夫是个中学生，硬迫碧君的母親要给她入学，不然他就要提出異议。慌得一無所知的大妗母忙把女兒送到A市姑娘家来。

苾青想，表妹真有些傻氣呢！那天因为母親和大妗母诉说她未婚夫强迫她入学校的事，

P.64

她竟自哭了！还說她一定不入校裡，她看不惯那些聰明伶俐的A市女学生，她不敢入校裡與她們為伍！

——她还不曉得入学的必要吧？也不曉得学校的群衆生活，比在家裡蜷伏着快活得多許吧？她这樣想了時，不觉暗笑表妹的沒見識。~~——听說她~~

——听说她丈夫是个中学生，但不知是怎樣的一个人？她这樣衣飾不会時髦，思想落後的女子！怕將来難合他的意吧？！……

她由表姊的未婚夫聯想到那个在礼拜堂裡向她傳情的男学生，更由他聯想起宗師玉来！她像給下意識衝動然，跳起身子，從箱子裡把他的来信拿出来讀着。

——他这个時候一定在南洋了，在異國了！遠了，遠了！……他还念着我麼？……自己分明太对不住他了……呵呵！但是————！近来很容易便流下的眼淚又掉在她兩頰上，掉在枕上！

——雖然自己太沒勇氣，但亦是事勢使然

P.65

的，你莫怨我呀！——、、、她感到自己心裡矛盾的苦悶！

她反覆着流淚到天亮。睜開澀滯的眼睛看時，雨後灰色的天空，像要壓下来般浮現在窗外。

吃了早飯，她無情無緒地凭欄望着淅淅不斷的雨絲，心裡的紛茫迷乱正像牠一般無從排遣！園裡那株白薔薇花，一朵朵都給雨点打得翻不過身来；那角落的芭蕉葉，却青潤得可愛可怜！

“這樣的雨天，她们怕不補習了吧？”她像歎氣般说着。回头望那沉寂的表妹，正默默地低头绣着红艳的花朵。娘呢，在廳上喃喃地念佛。

“表妹，不要用工了，天氣這樣暗沉沉的，不要看壞了眼睛啦！”

“横竪都是没事做的。亦不見得如何黑暗哩。”表妹静穆的臉上浮出一絲笑意。“她们不来了吧？鴎姊亦沒来！”

“、、、、、、、、”

“、、、、、、、、”

国明(B) 10×20

P.66.

"砰，砰……！"她听着有人打門的声音，小嫂慌忙跑下樓去開門。她由欄上望見许女士撑着雨珠点滴的伞兒閃入門来。

"呵哟，鷗姊！這樣的雨，我以为你不来了哩！……"她和表姊都跑到樓梯边接她。

"雨中跑路才覺有趣哩！……"近来臉上老是浮現着沉黯的色彩，不似從前般有生氣的许女士，淋得通身都濕透了！裙子上也綫濺上许多污泥！她像跑了许多路程般，很疲倦的頹然坐在椅子上苦笑着。

"外面的雨不很大吧？你怎会綫淋得这樣濕？"芷青忙跑去箱子裡拿衣服来给她换上。

"不用换，就這樣等牠自己乾吧！……我自早上六点多鐘跑到现在，怕有三个多鐘了吧！？"

"怎好不换呢？濕衣穿了会生病的！……你到朋友那兒去么？"

"不妨的，生病也好，不想换！"許女士

P.67

的性格有時就很神秘，惹得碧君時常懷疑着她。

“外衣不換就換襯衣吧！都濕透了，还不快些！”芷青很誠懇地催她換。

勉强換了衣服後的許女士，只默々地坐着，不像從前那樣的談吐風生了。她把懷裡一捲書信似的東西摸出来，静々地看着，有時皺眉，有時微笑！

芷青不敢站近去看她裡面是说些什庅，她只問：“鷗姊，你看什庅呢？”

“是信，朋友寄的。”

——她的那一个朋友呢？時々都有這庅大的一束書信寄給她？怕不是情書庅？……
……她想到這裡，不觉心上跳動起来！

——她定有了爱人啦！她的男同学男教员那末多。……而且她的才名在A市方面是誰都曉得的，定有很多人向她求愛吧？
……自己将来到W校讀書，又不知会遇到怎庅樣的男性呢!?……她呆々地痴想，想得自己有些不好意思！偷眼看表姊時，她正低头綉着花兒呢。

P.68.

——她有学校，亦有家裡，怎広通信要向我這裡轉交呢？……她又想起许女士近来有些信由她代为轉收。像很秘密似的，時時囑吩自己不要給大奶奶知道，亦要很好好地为她代收，待她来時交还她。

——她一定是在愛河裡沉溺的！真可羨慕呵！……師玉的幻像浮上她的心頭。想到自己不完整的恋愛時，眼淚快要滴下了！連忙跑到欄上去。

淑玉和如蓉終于沒有来。許女士只教了碧君些功課和教芷青一些故詩。

許女士很愛芷青的对文学有嗜好，有点天才，她時時把一些文学的書籍借她看，亦時時講些關于文藝的談論給她听。

雨一直到下午才停止了，灰黯的天空透露出一些晴意来。

她不給许女士回家，要她晚上宿在這裡談談。她畧一躊躇後便答应了。不知為了什広？許女士近来觉得对俗氣滿身的父親，和只曉得每个早上机械的到机關去办事的哥哥都特別討厭！

媽媽呢，亦不似從前般可親近了！

芷青和她在家園裡踱着，草地上的水珠濕透她們的鞋兒。陽光像絲一絲般，從雲裡透射出來，照得因風搖動的荷葉上的雨珠，滾来滾去地閃閃耀眼。

"呵！這朵白蓮花真可愛！折下来給我轉送給朋友好麽？……"許女士拍着手說。

"你喜歡就折下吧！送給那个朋友呢？"

"……"許女士默然地斂了笑容，憂鬱地对着她若有所思！

十二

空前的'五卅'慘案的消息在沪上傳到A市来後，這幾天革命的空氣真是彌漫了全市了！

全市的比較智識有些的民衆都緊張着！尤其激昂奮發的便是年来處于軍閥壓迫之下，不敢喘息，而現在揚撑着青天白日旗，熱烈的從

P.69

稿纸（B）10×20

P70.

事革命工作的青年學生了！

蓝青自昨天不見許女士来教她們，又聽了外面那種騷動的情形，更加駭怪起来！有了平時对時局全不關心，看報只看第三版和報屁股的女學生們的通病的她，只担心着是政局有什麼变動，更嚇得毫無見識的大奶奶取閉關主义，關起門来，不肯給國覽到鄰家玩去！

"我們中國的學生和工人，在上海給英國人開鎗打死，死了百多人哩！说是因為演说致禍的，你知道麼？……"奶奶一入門来就向她這樣说。

"阿彌陀佛！……怎会死掉這麼多性命呢？……唉！……"大奶奶兩肩一抽搐的，連忙宣起佛号来！

"有這樣的事?!……呵！現在怎樣对付英國人呢？"蓝青也嚇了一跳！

"打仗是幹不来的！你想我們這个老中國，擋得住他們洋鬼子的新式鎗砲嗎？……"

給教会學校所宣傳過来的中國學生，只知道外國人的神聖不可侵犯，沒有所謂反抗的！

P.71.

"那末，就這樣的白白給他們殺掉，不想一些抵抗的法子嗎？"

"想是想的。現在各界不是都組織什么外交後援会，宣傳隊，英日经济絕交会，……嗎？不過眼看又要像五四那時候，查劣貨查得發大財来！哼！結局呢，还不是以不了了之？……發財得名的去了，死的算是白死了！你看政府能干涉得好效果出来么？尤其是這樣的民衆，真是G姑娘說的：'你們中國人只有三分鐘熱度'！能夠堅持，努力么？大家借此出出風头，賺幾个錢也就算了！"一知半解的如容總算比小姐式的芷青有見識一点，她亦会發這樣不平的牢騷对時局，惹得大奶奶只是唸着佛号，芷青只是摇头！

"那末，在A市是没有什么变故罢？真把娘和我担心得很！昨天听绛桃說：街上一陣子尽是些学生和工人，撑着旗在喊說殺死人呢！真摸不着头腦，以为是打仗呢！下午又听着外面吶喊着，打鼓敲鑼，正不

開明(B)15×20

知是為了什庅！……”她説到這裡笑出来了！“娘還預備着要回鄉裡去呢，東西看々就要收拾起来了！如果不是你到来……”她説後全室都笑了。

“可不是？阿彌陀佛！現在的天年不好，動不動就人命交関！……不是容姑娘你有消息，我只得使人問我的弟々去呢。”

“娘總是不肯給人家到街上去的，困守在屋裡，連外間翻了天都不明白哩！”

“真的，往外面多逛々就會見識見識啉！”

“呵哟！讀了書就想逛街了，不逛街就和我淘氣，真和弟々一般！”大奶々笑着。

“玉姊怎不和你一道来？”

“她病呢，叫我们僁讀下去，不用等她。……鷗姊呢？亦沒来？”

“她又不知道為了什庅事？昨天就沒有来了！”

“我们一同找她去吧！順便看々街上的情形。”她邀如容一同出街。

“等多幾天不好庅？街上熱哄々的，看嚇

P.72

開明（B）20×20

P.73

着啦！真是淘氣！”大奶奶只搖着头。

她叫絳桃把辮子另編後，輕輕地搽上一層薄粉；再把剪刀把額前的留海掠齊着。愛美的她，每次出街總是這樣躭躭擱擱地修飾。

換好了衣裙，她再在照身鏡裡照了幾照。自己也覺得今天這套淡碧色的紗衫裙，配上了白色的花边真適合自己的丰韻！

自学校放假後還不曾出過街的她，今天很高興地在鏡裡把自己照了又照！

“真是美人兒啦！没怪人家说你美，連我都覺得給你迷醉了！……”站在旁边看她修飾的如容看得呆了，不觉讚嘆起来！

“爛你的嘴！誰说我呢？”她感到可誇地笑着。拿了柄淡紅色的陽遮在手裡。

“有人说就是了。走罷！”

“不，你不说出议論我的人的姓名来時，我不和你去了。”自己是有可以自負的色藝，自己就越喜欢听人家的稱讚的——尤其是和異性交際很少的她。

“我的四哥哥。你不要生氣！……”如

稿纸（B）10×20

P.74.

容很狡猾地笑着。

"呵哟！他怎会知道我……？"她不觉臉上罩了一層紅暈，要想問她个澈底，但又不好意思说出来！

"怎会不知道？你的艳名全A市谁都知道的！嘻嘻！……"如容像洞悉她的心理般，專要和她開頑笑。

"你這个鬼头！说话總是不老实的！……"她把伞柄敲着她的肩。她俩一同出門去了。

"同你讲罢：有一次星期日，我们由校裡排着隊跑到礼拜堂，在路上給我哥哥遇見了。"如容斂了笑容很正经地说。

"他怎麽就在人叢中看见我呢？"她竭力在追想着是那一次，睹着那个樣的男性？

"你不是和我同列嗎？他就看見了。"

"他怎樣说我呢？……"她忸怩地問。

"他说你在女学生中算頂漂亮的，真美麗！……呵呵！前面不是来了一列宣傳隊嗎？你看，都是学生呢！他们要停住在這条街的角落演讲呀！……"如容的说话給那

P.75

班迎面而来的宣傳隊打断了。接着她俩看见一大群小孩子和些閑什人等熱哄哄地跟来了，把他们——宣傳隊——围攏成个圓圈子。

"呵哟！這面溅滿了血痕的旗子！……"她忙拉了如容從观衆中退開来！

"不是血呢，是紅墨水呀！上面還寫着五卅慘案的字樣呢。"如容從宣傳隊員手裡要了一紙傳單，一面和芷青看着一面跑着。

街上貼滿了五花六色的標語，亦有許多繪着同胞給帝國主义者慘殺壓迫等諷刺圖畫。芷青觉得路人们都很注意地向她们观望，亦有许多女学生在散分傳單。

她俩跑到許女士的門口来時，兩隻手都握滿各个團体所發給的傳單了——都是对這慘殺案件作宣傳的。

許女士没有在家。她母親说，她自前天下午便有很多同学来叫她去商议什么事情。這兩天是自早至晚才回来的。又说她怕要到鄰近A市的各縣宣傳，不知已经去了么？

她俩再跑出街上来時，這濱海的風雨無常

P.76.

的A市忽然瀟瀟地下起雨来！

"呵唷，這柄陽遮是遮不得雨的！我們坐車子回去吧！"她撐着傘兒向如容說。

十三

她終于敵不住好奇心——想看看稱讚自己是美人的那个男性的好奇心，和經了如容再三的勸挽，說是避着雨兒，一同彎入鄰近的一条街上了！

"這一間就是我的家門了！"走沒有兩三步，如容指着一座洋房式的屋子和她說。她不覺便心裡跳動起来！

如容的哥哥華大少爺是軍閥時期的一个第六七等軍官，也曾做过一次縣長。卻因為刮俸刮得太于利害了，曾坐過一次短期的監獄——但正確受罪的內幕因還是為他誘拐一个捲逃的某軍官的姨太。

開明（B）10×20

P.44

自青天白日的旗幟飄揚於A市之後，他便從軍政舞台的脚沿上跌了下来，賦閑在家了！但因他是个慣于交結當局官僚们，和能夠靠着賭錢為生的賭客，還他飽食暖衣的享受着A市第二階級的生活程度過日子。

他還有兩个幹着和自己同樣職業的弟弟，和一个总要跟上自己一樣的小弟弟華四少爺。此外他的母親，妻妾、、、都是像他一般，以賭為活的。

芷青才踏上樓上的客廳時，眼簾所接觸的是一群服裝妖艳的男女，圍坐在八仙桌子上打麻雀。地下却鋪了一層瓜子皮和香煙屁股。

她再看見一个小白臉的头髮梳得光滑明明的青年，他站起来在向自己行着礼。

她不知所措的对他点了点头，心裡又羞又急的在躲避着眾人的視線。

經了如客的介紹之後，這小白臉又重新向她鞠了个很深很深的躬。他離開八仙桌的坐位走出来。

華四少——K省的方言總把少爺兩个字簡稱為「少」的——是个克承兄業的令弟。今年只有十

P.78

九歲的年紀，就会選色徵歌，應酬賭博，鎮日和一班浮誇少年在跟隨女学生，批評戲子了。

他亦曾進過幾年学校。紅樓夢之類的小說他也会愛不厭讀；半通不通的情書也曾經寫過好幾次……他是个有着風流才子的自負的少爺。

他叫了他人代他入局之後，面对面的同她坐着。佟向她問長問短，談東說西，言語之間，還加上些肉麻的詞典。

"听舍妹說，女士是个咏絮的才女，真道使鄙人佩服極了！女士的令椿萱都還健在的吧？！"他已從妹妹口裡探悉她的身世，亦知道她是鄭富翁的孫女了，眼前清麗的黛玉式的佳人，尤其使他会神魂顛倒。

她只局促地勉强回答着。那一群狂放的男女的縱樂的声音和举動，尤使生小純潔的她感到心跳和臉紅地不安！她悔自己太于孟浪了！自己不應該輕易來這樣的地方的！她由此知道了如容的家庭狀況，她的閙熱的和自己的寂靜的恰成个反比例。但這樣富于激刺性的

图明（B）10×20

P.79

家庭又像对她有所吸引，此来亦不算全没有意義吧！？

“請煙！女士！”堆滿了青春的笑臉的華四少，叙燃好一根火柴，抽出一条Three Castle的香煙送到她面前来。

“不，不敢當！我没有吸煙的！……”她感到心裡一陣悸動，兩手亦顫着，只站起身来摇着头兒。華四少的尖尖的手指白嫩得如同女人一般，右手的一隻指上還套着一隻嵌有碧玉的戒指。

“不要客氣，女士同学的家裡就是自己家裡一樣的。哈哈！”他還不把火柴和紙煙收回来，火柴看看就要燃燼了！

“她不吸煙的，拿来给我罢！”如容忙代她解圍。

“那末，女士请恕我！哈哈！本来當学生時代是不該吸煙的，女士真善于衛生之道！”他自己另燃上一枝紙煙在狂吸。

她恨自己平時太不善于應酬之道了！最普遍不過的紙煙亦不会吸，真不時髦！

P.80

接着還吃了幾様点心。吃的時候她怕臉上的筋肉伸縮得不好看，只是輕輕地嚼後便囫圇吞下去。

外面的雨不知從什么時候便晴了。躊躇了幾次，她終于告辞出来。

臨别時華四少鞠躬得差不多头都会碰到門限，他叮嚀再四的请她暇時要多多枉臨赐教。

她獨自乘着人力車回家来。

微雨初晴的傍晚真是凉快。車子拉過沿海的馬路上時，对面K山很蒼黛的襯着殘陽，牠那嬌紅的色彩，就像這畧帶興奮的本来是很白皙的少女的兩頰一般。

回到家裡，許女士剛在廳上等着她。她低头在寫信呢，看她来了，便忙把信箋摺好，藏在衣袋裡。

"来幾久了？鴎姊！我们剛去你家裡找你呢！"

"呵哟！我剛来的。這兩天把我忙煞了，你们怕等讨厭了吧？对不住！"

接着許女士便把五卅慘案的前因後果，原

開明(B)10×20

P.81.

原原本本，清清楚楚的讲给她听。"学联会选举常執委啦。我們校裡占了兩位，不幸我便是其中之一！我现在那有心情去革命，去爱國呢？……真是脱不掉，給他們强迫着！"

許女士再把這兩天的行動報告给她，她说：查勞貨去哩，發觉那个在台上演讲得顶激昂慷慨的什么團体的代表是那个漢子，却舞了两次弊，賺了數百元的黑錢！她想提出攻擊的，但给同行的幾个男同学阻住了，還说她不識時務！

往街上演说去哩，有了女学生的那一隊就有加倍的觀衆——他们不是来听讲，是为看女学生而来的。結果惹得纯粹是女生的宣傳隊不敢出来，要派上幾个男生去向观衆怒目而視的做她们的保護者。

昨天到K縣去哩，尤其倒霉！在一處鬧着神遊的鄉裡歇了下来，想利用那个演戲的台上对观衆宣傳一下。不料剛上台就给观衆们鼓噪了下来！说阻礙了他们演戲的時間。（他们一年到晚只有鄉下裡演着一兩次戲可以享樂）都声势汹汹地幾乎用武！後来署長親帶了警察来了，才算么许宣傳员上台。但听者只有幾个好事者流和孩子，其餘都走散了。

——————————

"你想這般知識毫無的民衆心理！唉！……

……這還是怨不得他们，亦可以医治的。頂可恨的就是那班自命為革命份子，智識階級們啦！這一回，又不知有若干發横財，沽好誉去了！……我真是摔不脫身，和這班人胡鬧可倒霉極了！……"許女士对時局和革命是抱着不聞不問的，站在第三者的高蹈派的態度的。

這些话在芷青的腦中，不会起什么波瀾的，她只恍恍惚惚于新的幻像。

許女士還说了幾件可笑的資料。她说：她们走到鄉裡一所学校去宣傳時，裡面的教员和年歲較大的学生都走得一空！只存着幾个小的嚇得呆了走不動！再三的请了个留着两撇鬍子的校董出来，他才说是因連日外間的風声不好，说要捉拿教员和学生，所以见她们来時便一鬨逃跑了……！這个鄉说是K縣的大

開明(B)10×20

P.83.

鄉，距離A市亦不遠。不料消息外間的這樣的不靈通，訛傳，真是奇怪！

“鴎姊！你以後不得空吧？不能夠繼續教我们怎樣好呢？”

“不会的。我真討厭着這樣無聊的工作啦！一定設法辭去了職務的。”

十四

中元節後的秋風把殘暑吹散了之後，A市各个学校都宣佈開学了。痛恨洋鬼子和C教会的大奶々，也只得由女兒和姪女到W校讀書去。

由沉寂不與世爭的C教会女学，轉到這彌漫着革命空氣的男女同校的W校以来，也快半个月了。新的学校生活所給與她的是興奮，浪漫，複什的有生氣和多接觸的環境。她的心和身都像鎮天紛擾着，没有餘暇的時間；師玉和四少的幻影，亦無從在她腦子上浮現了。

P.84.

這山校亦是濱海建築的，两列楼房很高大的前後对峙。海岸上是一片時有肌肉發達的男学生在奕着球的運動場。

学校的走欄剛面着這個運動場。未上课之前和下课後，一群白衣黑裙的女学生総擁擠于走欄上，一面看海，一面看男生们的奕球。

這時八月初旬的西風，在吹得球場两旁的樹木蕭蕭作响。過午的晒人不十分炎热的秋陽，照着浩浩的海波上閃起銀白的小花，更温和地照着這些不知秋之已至的青年男女们的身上。

球場中是一群往来跳跑的男生在奕籃球，一陣陣的欢呼声，衝入高爽的晴空裡。

芷青和幾个女同学倚着欄杆閒谈。她偷视那个穿着红蓝相間的背心，短褲下露出一双大腿的金焕章——比她高一年级的男生——的擲球的姿勢，眼睛跟他溜来溜去的溜得有些眼花！

她把眼光轉向别處，看見那个姓陳的不知名的男生——在举行全校学生大会中，第一个起来贊成她当選为執委的滿臉長着面皰的高级男生，正站在樹陰下在張望着她，一手還拿

P.85.

開明 (B) 10×20

了本像小说的書在裝着看。

——這些男生們真可怪！我入学才幾天？他们便很熟悉的選举我，尤其是這个人！……校長亦似乎对我别垂青眼哩！他特地由主席台那邊跑下来对我说：你当選了学生会的执委了，從此要替学校和努力工作呀！……

她不覚把那一幕记憶追尋起来．

開全体大会的那一天，她跟着同学走入礼堂坐着。没有一刻鐘工夫，三百餘人的呼吸把那个窄小的礼堂塞得透不過氣来。

她漸々地覚得心裡緊張，臉孔漲熱的苦悶着！

唱革命歌後，默哀五卅殉難烈士的三分鐘間，她觉得這沉默裡就像C教会的祈祷時候，个个都張着眼睛向四處观望。头俯得低，眼合得緊的還算是台上那个主席——学生会的领袖施維强。

一个々的男学生很痛快淋漓的演说着，女生却只有许七十一人。接着主席便把暑假以来

P.86

的重要工作向大衆报告。

当主席再三的向大衆發問還有什庅人要起来發表意見没有的時候，她耳朵裡似乎听見"我推请鄭丛青同学起来發抒偉論"的声音，不覚心裡乱跳起来！她懷疑自己的耳朵听錯了！

"贊成……"一陣呼声過後，接着是一陣激人耳膜的鼓掌声。全堂的眼光都投射向她身上去！

她像陷在熱病裡紛紛擾着，不知所措的只緊緊俯着头兒！

掌声漸漸疏落之後，還不見她站起身来！主席便含笑走下台来对她説道"鄭同学，衆人请你起来發表發表高見吧，你願意庅？就要散会了，没多時間呀！"

"我，我没有什庅意見！……"她站起来顫声的説。

第二次的掌声再爆發起来，大衆又是一陣催促的喧嘩。

"不用勉强她了！没有意見是勉强不得的待下次有机会才请她对我们谈谈吧！"許

P.87.

女士把那些饿犬般想一瞻丰采的，和想捉弄初入学的較有姿色的女生的男学生们轻轻说住了！

随众人涌出会礼堂，她渐渐把脑根清醒之後，她对那个不知姓甚名谁的第一个推举她起来演说的男生，恨又不是爱又不是地看了一眼。听许女士说，他就是著名的好说笑话，好替人家首先發难的吴敬愚。

她那天所以会成为众矢之的的原因，還是为了她那漂亮的衣飾，苗條的身材，和美人式的脸兒。其次是为了星期六那天，她做了一篇列在甲等压倒全级而受國文教员当众稱讚的作文。不過注意她的，多数还是初级部的男学生。高级部的男生呢，歷来是假正经的，不大喜欢和下级的女生们接近。

一陣下课的鐘声把她从回憶中喊轉来，她忙把欄杆上的書本和鉛筆拿在手裡。再向場上望去時，那些耍球的男生都一面拭汗一面跑回课室去了；浩茫的海波，一陣陣的还仍舊激碰着礁石。

這点鐘是國文堂——讨厭的國文堂，再下

P.88.

一点鐘便是学生会的第三次执委会了。——本来這点鐘是英文堂的，可是近来開会的事情比上课更為重要堂皇，就如一个学校，每天亦有許多对内对外的革命工作可以讨论的，所以也無妨在上课時間举行了。

她想到那男女雜沓，自由谈笑的执委会——令人兴奮又麻醉的交際会般——就恨時間不跑得快一点！近来她亦狠大着胆子的和他们縱谈，说着幾句時髦的浅薄的革命论调了。不過放棄了一点鐘的英文功课亦有点可惜！她想，能夠和讨厭的國文堂对调就好了。

低年级的小校男生，对于男女同学是常有幼稚的行為的。他们有時把白粉筆在女生的椅子上胡亂畫些什麽，使她们於不觉中，坐下去就沾污了黑裙子；有時特地找些將壞的椅子，脱了牠的一隻脚，又隨便為牠装上去，等她们一坐下時，全堂便有笑话可看了！此外他们文雅一点的就是把情書抛在她们的桌子或椅子上，而靜欣她们拾起来看着時的態度為娛樂。

不過他們到底还是孩童的心理的，遇到之

P.89.

英文算学這些功课，西装革履的擁護女生的教員時，他们便規規矩矩地毫絲不敢放肆了！等到那些戴着古銅邊的眼镜的老举人之類教员来上课時，女生便是他们的玩弄品了，嬉的笑笑後还可以閱閱小说，打着瞌睡的。

乾燥無味的國文讲解既使坐在前列椅子的蓝青不能另看别樣的書藉，而爬机四伏的男生的手段尤使她又氣又恨又可笑！——這一点就是她轉学以来所最不滿意的！

十五

緊接着'五卅'而来的'六二三'沙基慘殺案，又把那將近鬆弛的人心緊張起来了！——這慘案的發生時間距離現在雖已有兩個月，但因近来A市方面的政局有些浮動，軍閥有来侵犯的謠傳，所以对這慘耗没有什麼对方的表示。現在政局已已算安穩了，痛定思痛，把大家沉寂的心房又

開明(B) 10×20

P.90

愽動起来！

今天是全市各界对帝國主义的示威運動，同時也是想把那些猶自躲在被窩裡的民衆喊醒起来的宣傳大会的日子。会場是在C海岸的曠地上。

W校的隊伍蜿蜒的跑出街口来時，同樣在進行着向C海岸去的各校学生，也一排々的充滿馬路上了，其中还有許多工人和店员们的團体。

到了C海岸，因為離開会还有許多時間，隊長特地吹了散隊的口号給他们暫時自由行動。

許女士拉了芷青和如蓉的手兒，跑開了头攢動的会場，到涼風陣々的礁石上站着。

身体單薄的芷青，每在幾个人以上聚合的場所裡，就会神经興奮，臉部燒熱起来的！這時她面着海波，深々地呼吸了幾口氣之後，回轉头去，看见三个兩个的同学们，也各成一小组的攜手跑到海濱来。没有散隊的群衆都蠕々地在場上蠢動，衣帽都是白色的，看去好像一團蛆虫！喇

P.91.

叭和銅鼓的声音混和着複什的人声，一陣陣送到這裡之後，再彌漫着涛声和風声，便輕烟似消失去了。很多五光十色，形式不同的旗幟，像蝶蝶似在人叢中飄揚出来。

"呵哟！你们也曉得跑到這兒来呀！"她对那幾个跑向身旁来的男同学笑着说。吳敬愚剛吃着香蕉，他举起手裡那幾隻問她要不要。

"誰喜欢吃！怕不夠你自己吃啦！"她看他把一隻香蕉撕去了皮，咬第一口合去了一半了，接着第二口便把剩餘的一隻都吞下去的粗豪的情形，看得呆了！他一連把手裡的七隻香蕉在一霎時吞得乾乾淨淨！

"如客！你看他真像李逵的吃法！"她说。

"這有什庅希奇？如果我高興，也能夠一氣吃七八隻的。"許女士笑着说。

"你的手巾借我拭一下使得嗎？"敬愚蹲下去把兩手在海裡洗着，回头問她。

"使不得的，你的手這庅骯髒！"她把眼向他一瞟，但插在襟前的小花巾却慢慢地解下来。

"讓我也拭一下行庅？我的掌心裡流了許

開明（B）10×20

P.92.

多汗！"陳克生毫不踌躇的跑過来想分餘潤。

"不，不！谁都不借的！"臉上佈滿紅透的面頰，向外的克生的不好看的面子，她特别讨厭他！

"芷青！你瞧那兒不是一个穿着深藍色的洋服的少年，拿着攝影機描準着我们麽？"如容遥指着一个男性向她说。

"那一个？……呵哟！真該死！看不清他的面部呢！我们跑上别處去吧！"無经驗的她还不明白悪少年们的把戲，很着急的拉了许女士的手想跑向别个地方去。

"怕什麽呢？给他攝了去又怎麽樣呢？"许女士若無其事的只凝视着海波不動。

"他跑開了，啊哟！原来就是他——那个小白臉高鼻子的他！……"如容像發見了什麽，忙叫她要仔细認認。

"真是他呵！你的眼力真好！……"她憶想了，認清那个在礼拜堂中对她有意識的含着情迷眸，和一星期前緊緊的跟着她的男学生——到今还不知他真姓名的男学生。

她再把那天的记憶追想起来：

她和如容两个出街，一路走一面谈着。後来發觉出在不知什麽時候起，有两个青年学生跟緊着她俩，其中一个便是他。 P.93.

她俩特地轉了幾个灣子，回头看時，他俩亦不即不離的跟着。

在幾个公司裡买了许多東西，她俩走入書店来了。大廉價的書店裡擠滿了顧客，她的眼光给櫃裡许多花花綠綠的新小说吸住了，把開着的手提袋放在書櫃上。

等到她俩走回来校裡，她再回头去時，还看见他们两个在後面追隨着，倒把她嚇得慌了，和如容趕快的跑回着！

到了明天上课時，從芷青的歷史课本裡忽然掉落一封用自来水筆寫着的红色信封的短簡，裡面说自睹芳容，一見傾心，際兹社交公開時代，極欲與女士结為朋友，互相研究学問…………這類的话，还附上ＸＸ中学的通信處，但却没有名字。由這ＸＸ中学的校名看来，他已经不在Ｃ教会办的男校裡讀書了，也和她一般转的学了。

"他还时时掉转头来看你呢!"如容的这句话把她的追忆打断了。

"看你才是真的!"她不好意思的说着。穿了时装的洋服的他,畧有些轻佻的美少年的态度。

"呵!那个姓宋的你们也认得他吗?"她俩的神情似乎给敬愚猜透了,他笑笑地问她。

"你认得的么?叫宋什么呢?"她急於要知道他的一切,连忙问着。

"在外面开会的时候常晤到他的,他是X校的代表,不过名字却忘记了。这人很喜欢追逐女学生的!……告诉我,你们怎会认得他?"敬愚露出一脸的嬉笑,他像全部都明白了般。

"谁认得他啦!"她红了脸的回转身子不理他,如容却抿着嘴笑着。

——姓宋的,……呵,这儿是就是海岸呀!……那天宋先生不知在这里如何苦闷地等着我呢?呀!……久已不尝光顾

P.94.

稿紙（B）10×20

P.95.

的幻象又在腦裡浮動起来，她望着海面那隻~~待駛南洋的~~汽船，不覺悽悵不堪！

隊長吹着歸隊的口笛了後，她站在隊裡足足過了点多鐘，主席台上还不見動静！〔今天竟然很〕猛烈的太陽高高地晒着，悶热的人叢中幾乎透不〔到〕過氣来！腿兒酸了，喉裡乾燥，头也暈着了！

“隊長真能幹呀！还没有開会，叫我們来站在這裡悶死嗎？”她憤憤地質問着維强。

“怨得我麽？開会的時間早過了点多鐘了！因為等着政治部的代表来参加啦！難道可以等他来了才召集同学們歸隊嗎？”

“做了政治人員还這麽不守開会時間，真豈有此理！”許女士索性在人叢中坐下草地上去。

“来了，来了！就要開会了！”維强〔在人叢中〕鑽了出来了。她看見一部耀眼的汽車，載着一个軍服的男人和一个時髦的女人在群衆讓開的一条隙地中駛進来後，他倆便走上台上去了。因為W校的隊伍剛列在台前，芷青很清楚地看見那女人手上拿着一隻很流行的修容盒子。

開明（B）10×20

P.96.

台上宣佈開会了，到了演講的時候，這穿軍服的男人很慷慨激越地演說着，接着便是這女人了。據認得的男同学說她是這軍官長的夫人——会唱曲，会扮戲，会跳舞又会做婦女運動的新式夫人。

她一演說完就有三分鐘不绝的鼓掌声連珠般响着，在掌声中她已给那官長挽着手，走下台来乘汽車回去了。

芷青站着，站着，到近午時真辛苦極了！肚子也着着餓了。太陽给雲翳遮蓋了去，鬱热中似乎要下雨一般。但台上那些A市的要人們，还一个个的继續着演講。場中的群衆都厭倦了，幾乎沒有一个人在注意听他们的偉論，只是私下谈着話。

十二点了，一点了！等到他们把议论發抒完了的時候，已經是午後的两点多鐘了！高呼了散会的口号後還要巡行，她的两条失了感觉的腿兒，很辛苦地抬着就要倒下去的身体，跟着群衆一步步的搬運着！

走過幾座外國人的洋行以及私宅的面前時

P.97

開明 (B) 10×20

，群衆便很興奮的高呼着'打倒帝國主义'等口号，有的却喊得連身子都跳躍起来！可是楼上那些外國人，却像看孩子玩耍般，倚在楼窗上一面笑谈一面看观。

——谁叫你要受這樣的苦呢？好々地在校裡读書還嫌没事做嗎？……她想起早間娘的话来，她觉得這樣的犧牲了各个人的精神和金钱時間，究竟有什么意义呢？

逛过了两条馬路了。她顶讨厭的是走向些鬧热的街上去時，那些商店裡的店员们对女学生的不好听的批评。

雨忽然下着了，但没幾滴就没有了。辛辣的土地的氣息很难闻的撲向鼻上，她像悪寒般打了幾个噴嚏！

第二次的大雨真的瀟々下着了！

進行着的各隊伍嘩然的紊乱了，但幾个热血的青年却大声疾呼着'犧牲身体，表示精神'的偉大口号。群衆只得冒雨寂静一点，前行了。

雨越下越大，到後来連步道上看热鬧的人们

都没有了。但那些热血沸腾的青年們的激越的呼号声，还在嘈什的雨声中震盪着。

P.98.

十六

因這一次的巡行，她病倒在家裡十多天了！有吸引性的学校使她不会安宁的静躺在床上，只很苦悶地捱着時日。

今天她的精神很觉爽適，病是完全好痊了。她一早就怀着满腔高兴的心情跑向校裡去。

別才兩星期，校裡就有很多新鮮的新消息了；平時厮混惯了的幾个男生，也像生疏了許多似，她嬌怯〻地和他们寒暄着。

"芷青〻你恢復了健康了么？我们真掛念你……"圓〻的白臉孔，輕易就会染上一陣紅暈的有着女性化的表情，和喜欢看些文藝書籍的初中三年级生白史寧——平時很蒙她的青睞的男生，走上来对她说。

稿纸（B）10×20

P.99.

"谢谢你，你们谢谢！……"她向他看了一眼，略觉不好意思地说。

"芷青！让我报告你一件新消息吧！關于你身上的！"敬愚笑着说。

"呵哟！關于我身上的？是什麽呢？"

"第四次执委会举出两个对外的全权代表呢，你便是其中之一。"其争抢着说了。

"就在今天下午，你和其争恰巧輪值着到A市的学联会出席去！……恰巧是你們俩！……"敬愚嬉嬉地笑了。

"谁要担当这樣的责務，……"她和其争都给敬愚笑得红了脸。W校的学生们有一个共通点，他们發觉着同学中的一男一女稍有接近，有情投意合的嫌疑時，他们便一定要举出他俩来担任着同樣的职務。

下午四点鐘，其争穿了很整齐的制服，到女生休憩所来找她一同去。

是中秋節後了，但A市這幾天来的氣候还炎热得很。他俩在馬路上一前一後的行尽了一段路，他忽轉过脸来叫她拐向灣角上走去。

開明（B）16×20

P.100.

"不是在××路的尽头么？怎么要轉灣？"

"這裡静一点哩。你瞧那馬路上的擾攘不是很讨厭的嗎？"他的步伐漸漸放鬆了，和她慢慢地并肩走着。

——這是我第一次和男人并肩跑路呼！……那些路人们会疑我俩是一对恋爱之侣吧?!她的呼吸有些急促了，有些心怯又有些快感的讓他擠近自己身旁来！

年纪比她还少一歲的贞寧，亦又驚又愛的只是不敢開口，也不敢看着她，默默地靠近她走着。

再轉一个灣，一面很大的牌匾赫然在目，目的地已经到了。

走入大門，她望见会場上闃無一人，只有一对制服不同的男女学生，在走廊下面很親蜜地聚谈着。簽名處也沒有一人，她和贞寧便在会場裡坐下来。

"怎么呢？這時刚刚四点鐘了还沒有人来？"她脑裡幻想着的一群男女喧嘩擁擠着的会場却只是清冷的空廳子，她看手上的錶兒

P.101.

恰巧是到了開会的時間了。

"哈哈！你瞧這壁上的掛鐘，此刻只有三点二十五分鐘啦！離開会的時間还很遠哩！我们算顶早到的。"

"這掛鐘是壞了吧！哈哈！……我们早，他们才早哩！"她指着那对谈笑正濃的男女笑着说。"你知道他俩是什么学校的？"

"不曉得。不过女的梳着这樣的髻兒，不编辮子，怕是C女中的吧！"

"呵喲！你们男人亦会注意到女人的髮髻上吗？……"她说後掩着嘴笑了，看他孩子似的小圓臉上漸漸泛出的紅暈真是可愛——自己可以居在主動的地位来愛他，不像对别的男性般，自己處于被動的地位给愛着哪！她想。

掛鐘已经敲了四下了，零零落落地來了三五个各校的代表；他们都是一对对的男女，并着肩喁喁的细语着。夕陽看看斜向屋角上去了，草地上的凉風，把一天的悶热次第驅了去。她和贞寧也走到外面来。

"怎麼此刻还只有寥寥的幾个人呢？就是哩

P.102

看這掛鐘的時間吧，怕五点鐘还不见開会吧！”她觉得这情形真滑稽透了。能守時間的男女都是想借此聚谈着的。

又过了半点鐘了，草地上已擠满了很多男学生，也有許多白衣黑裙的女生点缀着。他（她）們都毫没客氣的谈笑着，玩耍着，把她看得呆了！她和他站在草地上的角落，俩的自由都像给他们限制了般，觉得不能和他们同樣的活潑伶俐，倒不如沉默的装成“不與眾偶”的更佳。

“我們到会場上去吧！時間怕快到了。”她向艾寧说着。越久越多的群众的眼光都好像对她俩嘲笑，輕视般！她觉得幼稚的他在這个時候真没中用，不能夠做她的保護者。

等到主任说不能再延，摇鈴開会的時候，那个掛鐘已经打五点鐘了。

堂堂的全市的学生代表的言論和行为原来是如许浅薄，对革命的见解也像自己般可说是盲目的！她感到很重大的失望了。她想這樣的盛会不也是和缩小範圍的学校裡的開会時一般，只有無聊和胡闹?!她看着每同一派的幾个学校的

開明（B）10×20

P.103.

代表，都坐攏在接近的椅子上；幾个人喁喁細商之後，其中便有一个站起来说話——只有閙意氣的話。有些女学生，也同樣的和他们头兒碰在一起，半商量半说笑的竊语着。会場上的人声漸漸喧嘩起来了，那个鶯声燕语的女主席好幾次發着嬌嗔，也不能把他们的喁语肅靜下去！

她和其寧也漸漸地閑谈起来，忘记是在開会，更忘记他们在爭论着什麽問題了！

"喂！W校的代表！请你这位一同去××政治部请願去啦！"她正和他低着头在议论校裡那个理科教員，猛抬头時，原来那个嬌声的女主席走下台来，提高声调在和她说話。

她茫然地不知要怎樣蒼忙，只看着同樣慌張着的其寧的臉孔。

"你的贵姓名叫什麽？"主席輕裊地笑着，茁青觉得全場的喁语都停止了，他们把眼光投射向自己身上来。

"鄭茁青。……做什麽代表去呢？"她鼓着勇氣地站起来。

P.104.

"開会開得連议决案都不知道嗎？"主席半恼半蔑视地映了她一眼。"我们表决在这个時候，派出六个代表到××部请愿，要求部長立即批準帮助学生救國團的经费。你给举出了，这時就要去的。"主席说完冷笑的走上台上了。苙青想，同性的女学生真比異性的男生更女輕侮自己，她好像含了一肚皮的妬愤懣。

無可奈何地，她漲红了臉離開会場了！走出塲外，她看着五个在等她同去的男女代表中，一个就是屢次对自己有意的宋某！

——没怪自己会给他们推举着，一定是他提议的！……她感到一陣强烈的悸動，看他已走上前来向自己招呼了。

"鄭女士，我们不是從前都认识的麼？哈哈！今天有幸得很！我们一道去罢！"他不客氣的擠近她的身边来，忙把帽子脱去了，还行了个最敬礼。

"呵！……"她本能地退缩了幾步，红了臉和他点头。她想，自己这不大方的態度一定会给他和同行者们轻视了吧！

坐着人力車到××部時，在客室裡等候部長時，他把一張印着'宋慕文'三个字的名片遞过来给她，她亦大着胆子地和他应答着。

等了二三十分鐘，秘書長出来了。他說部長沒有空，等下次再来。他们只得掃興回来。

"就是这个报先着晤不到××部長的男学生！"她指着宋慕文笑笑地，有些骄傲地给贞孚看。他却幽怨地看了她一眼。

会場裡的電灯發光了。灯光下群衆喧什的情调為她所未曾经过，她忘记了倚着佛等她回去的母親，也忘了自己肚子裡的饑餓，很純熟地和鄰座的男女学生談論起来了。

一直到九点多鐘才散了会，在滿街灯火的马路上，她和贞孚分別了後便坐着車子回家去。

十七

P.106.

重陽節过去了，'已凉天氣未寒時'正適合嶺南的十月初天氣哩。久靜思動的些校学生，表决在明天起作分组旅行，吸吸城鄉裡的新鮮空氣。

每组都是学生们—男女生自由结合的。她和许女士，如容和贞宁，敬愚等组成一组之外，还加上了维强等好多个高初级的男女生。這一组算很热闹了，有十五个男生和之七个女生。她(他)们的目的地是A城——距A市只有二十分鐘左右的海程。

天还没有亮時她就從夢睡中醒来了！因為展轉了一宵沒有睡熟，兩隻眼皮似乎增加了許多重量！勉强睜開眼来向窗外望去時，灰黑的天空才微微地吐出一絲白意。廳上的自鳴鐘恰巧敲了四下，但她忽忙忙地跳下床来。

由人力車上跳下来時，出她不意地是学校的大門口还緊緊鎖着！她想，学校的当局方面真好笑，每晚上的向内这樣的把大门鎖到天亮又有什麼用呢？听說他們寄宿的男生，每晚都有本事到外面冶遊去哩！

P.107.

叫喊了许久，門房才張着诧異的眼光，從床上跳下来開了門。

她独在走欄之面海站着，一輪血红的大日头，從海天尽處慢慢地升起来。籠着曉霧的海面上只有白茫茫的一大片。

"呀吆！真好看啦！"她本能的向太陽讚美着。倚着欄杆默默地聽聽鳥声球場上的，看看变幻的朝霞，心裡悠悠地想着近在咫尺的世事。

小春天氣，欲寒未寒的晴朗的早晨，W校的旅行组向附近百餘里内的名城鄉進發了。激越的喇叭声，把充滿青春的愉快的男女的热情，一同吹將出来。

七点鐘的時候，她们这一组旅行隊到碼头来了。冷清清的碼头上给她们以重大的打擊，第一次的早輪是開去了！第二次的要等到午前十一時才能夠開駛。——A市和A城的交通只有这两三隻小汽船往来着。

"那么，我就不去了！谁耐烦在这兒空等幾个鐘头？"许女士像巴不得回去般，第一个扭轉身子去。接着也有些同学說掃了興，不

開明 (B) 10×20

P.108.

去了。

"一定要去的，你们不用慌！等我和裡面的總办磋商一下！"组長維强忙跑向[illegible]汽船公司的办事室裡去。

"有了船了，專載我们去的！"隔不上五分鐘，他滿面堆着笑的跑了出来，把手兒向他们揺着。"哈哈！我们勝利呀！"他说，他把印着'外交後援会'等類的头銜的名片遞給了總办，又和他談我们是負有××会的使命，到A城去宣傳革命的工作的。他只得唯唯答应，特地叫司机的開了一隻小一点的，隨輪平時不大行駛的汽船給我们。

"没怪你们要抛棄了功课，整天为革命而奔走，真奔走得有切实用呀！"她看維强这樣意氣揚揚的態度有点可羨亦有点可鄙！

小汽船~~放着水蒸氣的~~轉動着輪軸了。因为水浅不能靠岸，幾个工人把一条木板架着岸和船沿，她同学们都連跳帶走的落下船裡了。她跟着站上木板去時，下望沙渚上積着污穢的廢物，还罩上一層深黑色的泥水。木板離下面

开明（B）10×20

P.104.

足有高几尺，她不觉两腿一陣惨萎，挙不得步了！

“怎么，还不下来么！”许女士在船裡向她招手。

“呵哟！你还不下来？”船裡的人都在催促她。

“我，我不下去了！我怕……”她再從木板上下望，忽然~~那天的~~夢景湧上眼前，她又急又怕的幾乎掩面哭着！“我不去了！……”那一次在海裡掙扎着向宋先生求救的情景，把她襲擊得淌下淚来！

“贞宁，你不会上去把她拉下来么？”同学们都说笑起来，有的叫贞宁上去拉她，但软弱的他委实没勇氣再走上这木板去！只倉皇地踌躇着。

“等我去吧！”维强走上木板去。

“不，我不要过去！……”她像小孩般哭着！但他像负重一般，三两步硬把她拉过来了！

“好了！好了！”他们是一陣笑声。

她從昏迷裡清醒过来，船身已经微微地震動

開明 (B) 10×20

P.110.

着開行了。她觉得背上一層贼汗，很討厭的貼住襯衣；給海面上的風兒吹来，又似有冷意！再想到自己頃間的情形，她不好意思地紅了臉了，那隻給維強緊緊拉着的手兒，也似乎有些特異的新鮮的感觉！

"怎庅这樣神經質的，早間像孩子般流眼淚呢？你該起来眺望这海景！"許女士像撫慰般拍着她的肩膀。她偷眼望着他们，都很热狂地在欣赏着海景。

她跟許女士向船窗外望去。澄碧的天空和珠红的海波，同樣的向無限伸展着。A市已差不多看不見了，只有那粒小得像棋子般大小的A市貯水池，还隱隱約約地浮現着。幾隻雪白的海鷗点綴在青天綠海之間。右面一帶忽高忽低的屏山，在眼前起伏地丟过。……这寥廓的天空，这滔滔的海水，还有已凉不冷的南海的輕風，悠然地拂着人額前的短髮和衣袖。这蕭爽的情调，把她早間昏懞不安的心情漸次平定下去了，身上也觉輕快了許多。

~~由碼头通至A城的街道兩旁的~~ 楊柳

開明 (B) 10×20

~~長滿了金黃的禾穗了。道上的兩列楊柳~~呈現着

~~零落的氣象，總地似乎~~告訴道上的行人，~~'南國~~

~~的殘秋是消失去了~~

十八

由碼头通至A城裡的官道上，兩旁幾株柳樹都呈現着零落的氣象，似乎要告訴道上的行人，'南國的殘秋是消失去了！由樹柳隙望去，兩旁的田野都長滿着金黃的禾穗，翻起陣陣金波，当曉風把牠吹拂着的時候。初冬的麗日溫和地從牠前面那些柳樹梢處，斜照在這蜿蜒的官道上；田野裡的稻香，帶着泥土的氣息，一陣陣似有似無的透發出来，含着許多使人沉醉的魅力！A城的名勝北岩和西岩，就在這官道的兩旁的亂山中。途有名的文星塔，任凭行人怎樣轉灣抹角，老是浮現着在眼前的。

兩年来住在A市的煩囂裡的她，眼前的景物特別地对她吸引着。眼前只有光明，只有燦爛！她們的嬌脆的笑語声，時時引得灣着身子在

田裡刈草的農人們的指头駭視。

轉入城裡了。悪濁的空氣，狭小污穢的市街闖進眼前来！她不觉縐了眉，叫認得路的維强另揀曠野的地方走。 P.112.

在路上他们一面說笑一面買水果吃。男生们的肩上手上都負着皮袋，熱水瓶，香蕉等東西，女生们却空手走着，不敢分担义務。她想，女人到處都是受男性们欢迎和同情着的，看他们那累贅的情形——替女生拿東西的情形真有些可怜，他们真是何苦来呢？

“我可累死了！跑不得了！休息一会再走吧！”他们走到了一所古廟面前，敬愚把肩上負着的甘蔗一束，和手裡撐着的一面旅行旗放了下来，坐在石堦上。

“你瞧！文星塔不是很近了嗎？再走一条小巷就到了。”維强催促他起来。

“走罢！这些老婦人真討厭！”她看见廟裡一些善男信女们，手裡拿着一束香都走出来观望，还对着幾个女生不住地批評。

“比得上你们麽？你们喉乾了会一段：的

開明（B）10×20

P.113.

来向我肩上耍，可知道人家的肩上酸得要命么？”致愚勉强把身子抬上来。

他们跑到文星塔前面来了。这塔是在衙署前，四面都圍着一圈短墙，圈裡有许多卖什食的小店。黑黝黝的石砖，表明着它有多年的歷史——塔身的据说有三百多年了。一共有十五層的高度。在下面望上去，老觉得它有些要倾斜下来的姿势，神经质的她，走到第三層就不敢再上去了，又累又怕的喘着！

同学们都奮勇先登的上去了，结局只存她一个在下面，她只得提起精神跟贝寧爬上去。

渐高渐缩小的塔身，到第六層已经没有窗子，没有走欄了。石塔中充满陰森的氣象，在黑魆魆裡只有摸索着。她的手兒不知在什么時候给贝寧緊緊地握住了！他俩的心兒都緊張着，静听着上面他们越上越遠的足音。

“不要上去了，贝寧！我怕着呢！我们走下去吧！”她的左手偶而觸到冰冷的石壁，不觉一陣戰慄地幾乎就势倒在他的怀裡！

“我亦有点怕呢！”他再拼命地緊握着她的

纖手，一同走下来。

"好了，这兒有窗子，亮得多呢。"在薄暗的陽光中，在幽凉的古塔裡，她望着他那圆白的臉兒燃燒着爱的热火来！她想，自己会和他在这樣的情景裡相对着真是小说樣的遭逢！他能够在这个時候抱着自己——紧紧的擁抱着自己，以後便可以和他成为爱侣了！但孩子氣的贞寧總沒有勇氣，正和她的好幾次想自動地攬着他的肩膀而终于失败一樣，他俩只有默默地对視着。

"贞寧！……"她激動地喊了这樣的一声，听兒上面嘈杂的足音像逐漸傳下来，忙緊緊地把对方的手兒緊捏了一下，便掙脱了。

"我们再走到下面去吧！"望着上面射下来的手電灯光，知道他们就要下来了。自己和他在这樣的陰暗裡相对着，给他们知道了是不好意思的！

"你们跑到最高層嗎？"她伏在第三層的欄上，假裝着俯瞰下面的景物。但他们都玩得興奮了，沒有注意到他俩的表情。

P.115.

“真高興！你瞧我好脚力！一直走上最高層去，谁都趕不上！”敬愚一面搥腿一面说。

“不怕羞！还誇口嗎？是他走前面的，突然驚喊起起来，说前面有鬼啦！連手裡的電灯都滑溜下来！还是煥章上去的，还不羞！哈哈！”如容和一个女同学叫文蕙的爭着说後，大家都閧笑了！

“不要和你们爭论，肚子餓了呢！組長，你说要買什麽東西吃？”敬愚说後伸手向維强要钱。

“随各人的便吧！我要吃紅薯湯——A城有名的產品。”許女士说。

他们走到下面来了。一面搥着腿一面一碗一碗的捧来给女生们的还是敬愚和一个小孩子的一年级生。

“呵唷！不好吃，甜得怕人！”她夾起一塊紅薯来，咬了一半就吃不下去。

“真是小姐！紅薯的田土風味你真地不会嘗。”許女士笑着，一塊塊地吞下去。

“有鷄絲麵麽？”她縐着眉看他们在吃着

像箸子般粗大的麵。

"哈哈！在这裡要吃鸡丝麵，比我们南人要看下雪还艰难呢！将就一点吧！"敬愚一面拭着额上的汗珠，一面狂吞着那碗热麵。P.116.

十九

她和他们游完了北岩時，短促的冬日的斜陽已经掛在樹梢上了。他们每人都手裡握着一束山花，野果下山来，循着原路到A城的第一中学裡借宿。

晚餐在掛着幾盏煤油灯的膳廳上举行。他们这一群紧抓着青春的男女都尽量地快樂着，高谈和笑语把同在厅上的一中男学生们羡妒殺了！他们恨閉塞的A城教育当局何以不許学校招收女生，更恨自己的父母何以沒有多量的金钱，给他们到各校都是男女同学的A市读書去！

膳厅上的人们都散了時，她的第一碗飯还不

P.117.

沒有吃完。她一面含着一塊鷄骨要咀嚼，一面給敬愚那種滑稽的態度引得合不攏口的笑着。和男性聚餐在她还是第一次，看他们那雄偉的吃法，看得忘記自己的肚子餓了。

由膳厅上散出来時，夜的寒意给輕風送过来襲着衣服單薄的她！她緊握着如容的手兒，和他们一同走尽一条迴廊，向東面的宿舍裡入去。

這宿舍一共是三間聯接着的房子，由一中的学生退出来讓給他们的。她和他们闲谈了一会，回头不见了许女士，便走出門外来張望着，却看见她和維強，默默地相对着站在廊下的草地上。

“鷗姊！外面不冷嗎？”许女士听见她在喊她，匆匆地入室来了，他亦跟着入来。这樣的態度使芷青对她怀疑着！她想，她的对方一定的維強了！他俩想借着旅行来促成恋爱吧！沒怪当時是他提议的。

經了衆人公共的分配，这三間房子中的一間列有四隻臥床的給女生宿寢，其餘兩間給他们

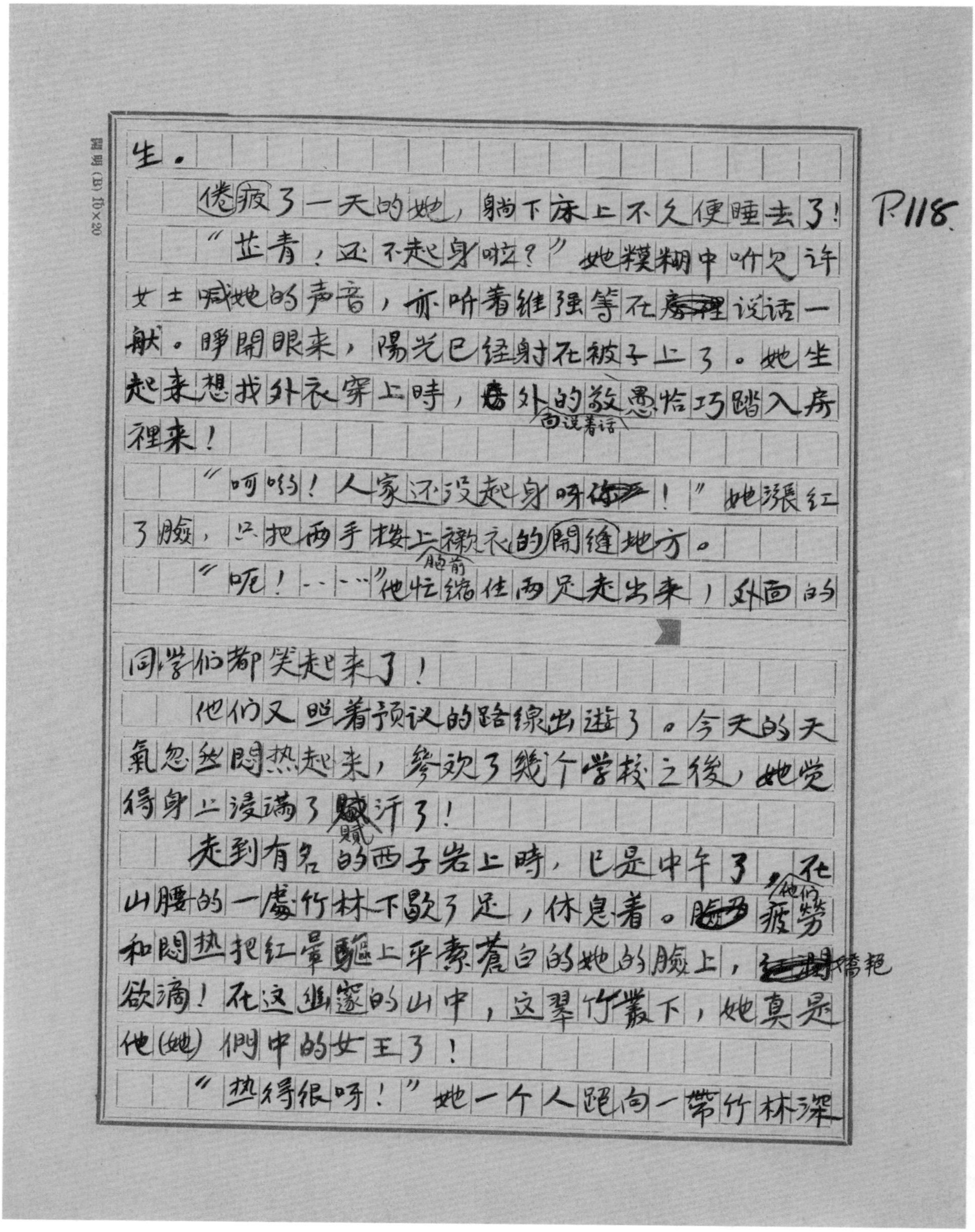
開明(B)10×20

P.118.

生。

倦疲了一天的她，躺下床上不久便睡去了！

"芷青，还不起身啦？"她模糊中听见许女士喊她的声音，亦听着維强等在房裡说话一般。睁開眼来，陽光已经射在被子上了。她坐起来想找外衣穿上時，外的敬愚一面说着话恰巧踏入房裡来！

"呵哟！人家还没起身呀！"她涨红了脸，只把两手按上胸前襯衣的開缝地方。

"呃！……"他忙缩住两足走出来，外面的同学们都笑起来了！

他们又照着预议的路线出游了。今天的天氣忽然闷热起来，参观了幾个学校之後，她觉得身上浸满了汗了！

走到有名的西子岩上時，已是中午了，他们在山腰的一處竹林下歇了足，休息着。疲劳和闷热把红晕驅上平素蒼白的她的臉上，嬌艳欲滴！在这幽邃的山中，这翠竹叢下，她真是他(她)們中的女王了！

"热得很呀！"她一个人跑向一带竹林深

R119.

處，想把身上的绒背心除下来。把外面裡面的鈕釦都解開了，自己看着两隻乳峯的周圍撒满微微的汗珠，胸前很浮動的起伏着。她一面讓凉風吹拂着她，一面下意識的赏鑑着自己的红潤的肉体和隆起的两乳。等到把绒背心脱下，再穿上外衣時，瞥見在那满佈着散碎的竹影的地上，映着一个人影！她慌忙举起头来，看着那个陳克生正站在前面不很遠的地方，露着怪难看的臉色对着自己！她嚇得一面悸動着一面丟也似的跑了！

“我这時碰着鬼呀！”她跑过来緊握着如客的手兒，感心头兀自别别的跳着！她又羞又恨又驚的告訴了如客。

組長鸣笛會整隊上山峯去時，她才看见他失神似的由那边踱出来。

山峯上是一所很大的寺院，供的是A城有名靈験的吕祖仙師，香火很是旺盛。寺僧知道了他们是A市旅行来的学生，連忙慇懃地從房裡撇出两碟子陳皮梅和瓜子，和幾条透了氣的香烟餉客。

P.120.

“呵！给他妈的校规束缚惯了，自昨天就忘记吸烟！”敬愚走过来把一支香烟燃上了。

“我亦来试吸一支！”她亦走前去拿了一支，就在他手里那根火柴燃上。

“你们和尚也吸着香烟的么？”什么都不晓得的她这样问着那满脸是笑的寺僧。

“和尚吹大烟才多着呢，不吸香烟！”

“不是我们吸的，是预备着给上山玩着的客人们的，哈〻！我们这里是很守清规的！”寺僧摆着手笑了。

“你们在这里真享尽清福啦！”山上的清景把她羡杀了。

“让我来做和尚吧，你们收容不？”

“先生们和姑娘们才有福气啦！现在世界文明了，你们真快乐啦！哈〻！”年纪虽然老了的寺僧也会动了尘念吧！看他们男女交错，恣意谈笑的情形。

“你们出家人还会成佛哩！”

“真的，要修行几世才能够成佛呢？”

他们正这样的谈笑时，听着敬愚在亍上

P.121.

"磙切，磙切……"的摇着籤詩筒，把大家都惹得大笑起来！

"那位先生真虔诚，仙師一定保佑他好事如願的！哈哈！"寺僧善窥人意的说着些有激刺的话来。

"该死！和尚亦说着这些话？"她暗把滑头的寺僧骂着。那些男生们都笑笑地看着女生们。

两个小和尚把这小亭上的两隻八仙桌子拭乾淨了，又搬着一大釜白米粥和菜出来。山中自種的芥菜和白菜都另有奇趣的幾樣素風味，其餘的小菜也很適口。他们都半要半搶地把粥和菜都吃完了，吃到後来連菜湯都喝个精光。

他们还叫小和尚下山去买了许多食物和香煙，一直流連到下午四点鐘过後才下山来，那个寺僧还很客氣地送到半山才回去。據继强说，搅擾他这半天，给他敲去五塊钱的竹槓！

"晚上要往那裡投宿呢？"这問題在路上發生了。继强说昨晚借宿的学校距离这裡有六七里之遥，跑不到了，就在城外找一處吧。但他们一連找了幾處都是狹小得連宿舍都没有的

开明（B）15×20

P.122

鄉間小学。不得已再走進城裡時，街上的商店已经閃爍着灯光了！

坐落在城東一所狭隘不堪，塵埃满桌的学校裡的会客室上，他们都人翻馬仰的再也不能另找别處了！把着水烟袋的校長把双眉蹙縐起来再四筹思之後，才苦苦就仅有十幾个寄宿生中讓出四隻木床来借给来客。

“那怎么行呢？难道叫我们五六个人擠着在一隻木床上吗？”維强苦笑着。蓝青想，这个時候虽有印着××会的执委的名片也無所用了！

把双眉越縐得緊的校長真走头無路了！到後来他才想出个移兵之計，叫来客分出一小组到鄰近的一个完全没有寄宿生的学校去——叫他们幾个教员合讓出一兩隻床来。

草草地吃了晚飯，校長便親自带了这旅行组中的九个男生往别校投宿去了——陳克生也在其中，是她叫许女士轉向组長说，把他硬分配了去的。留下的是女生和維强等幾个人。

“他们说我们的壞话呢！说我们今晚上……

P.123.

……"敬愚氣愤〻地说着，他说他们九人臨去時發了许多牢騷！

"管他呢？等回校裡去時慢〻和他们算帳！"

维强看那些女生们都臉红〻地低着头，只有许女士若無其事的看着一册带来的書本。

"不得了！這个様子怎么睡得呢？外面人家知道了时一定有壞话说的！我很怕！……"胆子小的文蕙和她们嗫嚅的说着，她们都没有法子的面〻相觑的乾急着，只打算通宵不睡。苏青呢，雖然也觉得太难为情！但她想，能够和贝宁这樣的款近地对卧着，真有说不出的新鲜的感觉和兴奮！看如容似乎很注意她和他的接近和交谈，自塔上那一次的接觸後，在人面前自己便不敢和他款近了！自己總不敢坦然地和男性恋爱着的！……她举起眼睛向他望去時，坐在对面床沿上的贝宁也刚巧在看着她！

这四隻木床是相向的列在一間房子裡的，中間放着一隻長方形的自修桌子和两盞煤油灯。

他（她）们都坐在床上谈笑着，直至午夜过

P.124.

開明（B）15×20

後的三点多鐘，才不能支持地乱躺下去！但許女士却很早便先睡着了。~~云个女生~~

充满油膩和男性的臭味混和着的被子和枕头，發出一陣陣令人作悪的氣息，向她的鼻子裡散射！没有昨晚上那樣比較清潔一点的一中学生们的床上那樣舒適了，过度兴奮的她，似在这樣的硬木床上総是睡不着！只静听着外面街上的柝声和室内的鼾声，看着那漸漸变成灰白的窗口！她想，她们一定睡去了吧！…………这两天来的情景真離奇变幻極了！…………

二十四

旅行歸来後的光陰，又很迅速地把校園上的幾株灌木樹的敗葉，掃得乾淨無餘了！这之間，她的革命與恋愛的争执继續了好久，到後来却受了許女士的影響，不怕同学们怎樣的推挑，教員们怎樣的策勵，老是不願意到外面幹那不感兴趣，反而令人讨厭的'工作'

P.125

去！

是放寒假後約莫一星期的時候了。这天她独自一个的大清早就跑到学校裡去，校裡員生星散後的空氣真是落寞不堪，只餘着一个沒精打采的校役，坐在球場上晒太陽。

她匆匆地找到了門房，問他可有她的信兒——她怕信件寄向家裡去時会受大奶奶的調查，雖然有的是女朋友所寄的；但達了相当年齡的女兒们的私語，總不能公開給母親看的，故寧可麻煩一点的轉向校裡来为妥当呢。——出乎意料之外的，他遞給她的不是女寧的信，也不是什麼女友的，却是封面寫着華緘的本市的信件！她忙走入空講室裡，把牠拆開来。

先看信来的署名，原来是如容的哥哥華四少所寄来的第一封情書！信裡抄滿了王梨魂和情書指南裡面的肉麻句子，引得她笑了出来，興奮着的心房也突突地跳着！雖然文筆这樣的全沒文学意味和太于粗俗，但她想起牠的主人翁委实是个美男子——風流貴介的美少爺，她愚不躊躇的就在講室裡的講台上把回信寫好了

P.126.

——是不抗不卑，若有情若無情的一封覆信。在回家的路上便把牠投入郵筒了，但回到家裡来時，又後悔不該这樣冒昧急切的把覆信給那个淺学而近浮誇的少年了！

吃了午飯，照例是如容跑来和她坐談的，但今天等到二点鐘敲过了还不見她的足音！表妹已回家去了，一个人真是举目無侶，只悒悒地给覆了信这个問題纠纏着！

寒假中無聊，女友們時常都到她家裡坐談去的，尤其是如容頂和她親暱，还時常在她这裡住宿的。生長在那樣煩什的家庭的如容總比她見識得多，她從她口裡曉得一切的世故人情，也曉得不少的關于‘性’的智識。

到四点多鐘如容才来了。她只問她有到过学校去沒有，便談些别的事情，像不知道哥哥寄信給她似，还在取笑她和其寧的情史！

“你們真是一个个都有了愛人，有了对象了！你知道麼？鷗妹的真正戀人不是維强也不是我們所疑擬的那些，却是个姓顔的小学教師，A市××文社的主幹呀！听說他俩是由文字上结合的，時常在C海岸那裡情谈呢！我哥哥也曾暗见着。……"

"你哥哥也认识她吗？"

"谁不认识？你们两位是A市鼎鼎大名的女学生领袖呀！"

"又来取笑人家了，看你这張嘴！"

"今天我自己也亲自碰见她和个很潇洒的男性并肩由T園裡走出来的，这个人就是姓颜的吧！听说近来時常有许多恋着她的青年，天天跟着她俩的背後，又寄了许多恐嚇以至要挟的信件给她俩！不知她何以在这樣包圍之中，竟爱上个寒酸的小学教師？幾多地位高傲的男性，她却不值一顧呀！"

"你说起来我才恍然呢！记得那一天她從身上掏出一張半身的男人肖像来給我看，問我这个人怎樣？说是她的朋友。我想，她自来对男朋友都没有这樣款蜜的！看来这人必是姓颜的無疑了！"

"呵，芷青！你觉得这个姓颜的会有些和宋先生相像吗？……"如蓉笑着。

P.127.

P.128.

"呵哟！又持起他做什么呢？我恨他呢！……"她听浣玉说，他到南洋不久的時來写信给她的哥哥，信裡罵她是醉心虛榮，以爱情当着幻灯耍的女性，他受了她的骗了！他现在觉悟了，断不迷恋她了！……她当時听後又氣又恨地痛哭着，此刻如容又持起他来，就像針似地向她刺着！

"不是和你说顽哟！不过宋先生的様子痴俗不堪，姓颜的却清雅许多呢。"

"你这様善于观察人，你未来的恋人一定是独一無二的美男子了！"她感着自己一入社会就能使男性们倾倒的嬌矜，再看着如容臉上那片难看的疱痕，故意打趣着她。

"呵哟！谁要爱人呢？我不是抱着独身主义的么？……"

"独身主义，怕是三身主义吧？——有了对象就有孩子了！……"她想，衣飾上十分講究，拚命地想把臉上的疱痕给厚粉遮去的，和自己一般喜欢和男同学交接的如容，又何必撑着高蹈派的独身主义的獨幟呢？

圆明(B) 15×20

P.129.

晚上，她和如容都躺在被窝裡看小说。对文学全无门径的如容就顶好读红楼梦，说着肉麻派的从前很流行的痴情话。这时她低吟了一会葬花诗，又把全部的红楼梦拿起来乱翻着，翻到'贾宝玉初试云雨情……那一段，她叫芷青一同一行行的看着，没有看完，她俩都伏在枕上笑了！

她俩渐渐由书中的人物谈到现实的人们了来，又渐渐地谈到刻不离口的恋爱上去。这个时候如容很坦直的告诉她，说自己在十五岁那年跟父亲们在H港居住，在那儿爱上了隔壁的一家洋货店裡的一个很漂亮的店员。

"你和他有了性的关係吧？快些把那件事的情形告诉我！……"蜷伏在温暖的被窝裡的芷青，遍身软绵绵地笑着不好意思的！

"你这个人真真是坏人！人家把由衷的话告诉你，你还不相信，不是和你说，给家裡的小婢碰见么？那时委实是不及有什么行为的，他只紧紧地抱着我！……"

"那个时候怎么样呢？有什么滋味么？……

闽明(B)15×20

P.130.

……"由父系的早熟的遗傳的她到现在还不曾嘗着和男性吻抱的滋味！她痛恨從前白失了好幾次可以嘗试的机会了！

"很難说出的，你自己怕不曾经驗过来么？……嘻嘻！"

"呵啲！我和谁经驗过来？我又不会偷漢子！……"她伸手在如容的臂上捻了一下。

"難道我就会偷漢子？不得了，不得了！"如容也伸过手来捻她的臂膀，俩都一面笑一面在被窩裡打起架来。

"呵啲！够了，不要玩了！……問你，你为什么要上个下贱的兵员呢？"她露着輕蔑的問着。

"不能够这樣说的，我们不是应该打倒階级的不平等吗？……大约那个时候见識还淺薄一点，坐在家裡当小姐，见到陌生的男人就会很容易的爱上他的，而且他委实漂亮得很！……"

"這也有理由。……你现在还爱他吗？"她想，越是在家没和男性接觸，越是痛慕着男

性的，記得自己十四歲的時候，無論也單恋上那个時常来家裡賣糖食香煙的男小孩呢！　P.131

"听說他已討了老婆了，我不念他呀！当時我也知道不能夠和他成為恋愛之侶的，不过一睇到他，就引起我的情热啦！"

"不怕羞，你只十三歲就会有性的衝動嗎？"

"怎麼不会？听說我二哥々只十二歲，就会強姦着家裡的女婢哩！……"

"嘻々！……"

談鋒轉到如容的家庭裡了，如容不客氣的告訴她，說華四少十分愛着她，想着她，本来就要叫媒人过来求婚的，是她和他計劃，先通通信和交際，等双方有了相当的恋愛時才決定婚姻問題，想来大奶々方面亦沒有什麼阻力吧？……又說自己和她這樣的要好着，來日可以成了姑嫂，她就真的抱着独身主义，不嫁人了。……

廿一

開明(B)10×20

P.132.

一声声的爆竹把一九二五年的暮冬趕走了！家家的門口都貼上殷红的桃符，牠把新春從頹沉沉的舊歲中拖出来了。

陰曆的元旦是我们中國人一年裡顶精采，顶快樂的節辰，也可以説是顶自由平等的日子！——差不多百業都停止着，各个終年~~做着~~劳苦着的工人也能够在这个節日休息着一天两天的。陳舊的是过去了，新来的正来日方長，谁不開眉嬉笑，尽量享樂呢？

氣候不常的A市，这幾天突然暖和了许多，春氣特别的彌漫着那班沉酣在逸樂的，平時不曉得什麽是人世的悲痛的男女们身上！

許女士自除夕前一天，到她的一个離K村不遠的友人家裡去，一直到正月初旬才回A市来。鄉村的新年的情调和这裡迥乎不同，她回到家裡来後，看看街上，戲園裡……的男女们淫樂的纷擾着的情形，使她陽外的对这都市起了悪感，她無聊赖的跑向芷青家裡来。

"呵哟！你们碰巧要出街麽？"許女士踏上

開明(B) 16×20

P.133.

了廳上時，看见她和如容剛々在找着钱袋子要出街。很流行的旗袍罩上她的身上了，把留海盪得蓬々鬆々地，臉兒上还搽了一層淡々的香粉。只有十多天不晤的蓝青，竟居然像如容般，脱去了清麗的女学生装束，变成妖冶的時髦女人的打扮了！

“呵！鸥姊！我们剛要上文蕙那兒，約她一同到如容的家裡，坐汽車逛去呢。你来得真好，快点一同去罢！”她看見许女士到来，喜欢得很，但细看着她那種悒悶空寞的表情，不觉把声调放低了一些。

“鸥姊，真好呀！今天我四哥々定了两个鐘头的汽車，要逛到A市尽头的石礅台附近哩。一同去罢！”如容拉着她的手兒。

“你们幾時学会了時髦法兒呢？我可没有这樣的豪奥！……”许女士苦笑着。她想，物质文明的魔力把这个纯潔的蓝青吸住了！没怪街上横衝直撞的駛着许多满載了红男绿女的新式汽車，想来是那班投机的小资本者，由海外運来供这些男女们的娛樂的呀！……

(B) 16×20

P.134.

"呵，我们这幾天真玩得好快樂！本来是和約芳，文蕙四个輪流的出錢坐四次汽車的，但每次都是他四哥哥為我们打電話定汽車，每次都替我们付鈔了！"她半得意、半不好意思地说着。

"你哥哥叫華如章的是嗎？"許女士想，這个不良少年一定不把並青放过的，自己總得对她负起了師友的交情，忠告她一下才好。

"是的。他亦有机時認得你哩。……我们快点去吧！"如容把伴袋拿在手裡了。

"不，我要回去的！……並青，把你们的香煙给一支我！"許女士掙脱了被並青拉着的手兒，点了一支煙狂吸着！

"你这个人就是这樣的执拗！要要去不好麽？……"她看許女士也会吸煙，不觉駭然！

"你一定要同去的！回来我们在这裡聚谈，吃東西，玩撲克，擲骰子……。今晚还一同看一枝香班的戲去呢，大家享樂一下不好麽？"如容在哀求許女士一同去。

開明（B）16×20

P.135.

"你一个人回家去，不也是很寂寞麽？"

"……………"

许女士终于和她们一同出到門口，便一逕别去了。

"真是怪僻的性情！……"如容有些愤然了。

"我们快点找文蕙去吧！"她和如容一同跳上在脚旁恭候的人力車，車夫撒開大步跑着了，她迴望落在後面的许女士，低头若有所思的，在人海中慢慢走着。

一連繼續了十多天的遊樂，看看元宵就要到了！

她連日戲是看得倦了，玩也玩得累了，紙煙也吸得有些了！………一合眼寧神時，眼前不是紅綠的衣帽便是車馬遊人擁擠着的憧憬！耳際又彷彿是管弦絲竹，和高谈笑语的声音混什着！弄得精神很是昏澀不堪！

"呵哟，臉色怎会这裡不好看呢？！……"今天睡到午後方才起身，洗臉的時候，瞧着鏡中自己的蒼白顏色更形枯澀了，两隻眼睛也晦滞無光！"头有点暈呢，怕不是病要麽？"

開明 (B) 10×20

P.136.

她有些後悔不该恣情的游荡了！

"姑娘！奶奶人不爽快呢！……"绛桃走过来和她说。"奶奶昨晚上忽然氣湧上来，辛苦了许久呢！我们想把你喊醒来的，但奶奶怕你嚇着，不给我们讓你知道呀！……"

"又是心口疼麽？怎樣会的呢？……"她想，自娘怕冷搬入後邊樓房裡去後，自己越罕得在她跟前说说笑笑地了，連日又昏騰騰地只知顽去，也没心腸注意到娘的起居上面啦！这老病一發起来時是很難復原的呵！……放下手裡的臉巾，她連忙跑向後邊房裡去！

大奶说是受了点寒，又给國忠氣了一頓，所以把舊病勾上了！

过了元宵，学校上课了，但大奶奶的病势却丝毫不見減輕！陰森寂寥的病榻前坐得她有些不耐煩！她又抱着書包上学校去了。幸而她的一个窮親——表姈母——来在家裡幫忙，她想，有了她——表姈的扶持，母親不致太寂寞了！

自去年跳舞的風氣盛行到A市来後，女学生頂出鋒头的事便是在各聚会裡歌舞~~的美人~~

開明 (B) 16×20

P.137

田了——像市立X女中，便是以歌舞著名，因而多招生徒的学校。今年W校的校長也不能逆着潮流，他特地由海上聘请了个跳舞学校畢業的女教员C来担任女生们的跳舞。

下午放了学，照例是半点鐘课外的跳舞练習的。她觉得這一科真比英文还来得時髦和有趣，拚命地学習着。

在全校一百多个女生之中，只選出十多个高足，另编成一组特别组。这组裡身材苗條，体態輕盈的还要算是芷青。所以不特她自己喜欢学習，就是C教员亦热心地指導她。

她们学習了两个多月，学会了三四種跳舞的方式，看看残春亦就要跟着落花一同谢去了。

四月五号是XX歌舞会開游藝会的日子，地点就在A市有名的XX戲院。C教员是这会裡的重要角色之一，便用这会的名義聘请W校女生到来參加表演。一方是想誇示自己門生的藝術，他方也想给她们出出風头，增長校譽。

這特别组的女生们都忙着练習，缀珠鞋，量舞衣，预備登台初试。不消說，她亦是裡面

開明（B）16×20

P.138.

主要的一员，可是她精神上比别人更觉得擾不寧的，就是母親的病势只是有加無減，纏綿床第！

落了幾天雨，春寒又襲来了！昨天大奶奶的病势忽然沉重起来，不知人事的昏了过去！等到她又驚又急，聞报在校裡連忙卸了实習舞的裝想回家裡来時，她才慢慢地甦活起来！看来病人是没有好的希望了，裝做着面子的國忠，亦把妻兒分居着的喊过来服侍母親，暫居一處。她不得不向学校請了假，在病榻前悶坐着了。

"外面又下着雨哩，病人不要再着了涼，把双扇帳門放下吧！"表妗輕輕地踱入室来。

"果然又是下雨了！"呆坐在床沿的她走下床来，放下帳兒，听着外面的雨声越下越大了！——呵！她们这个時候一定在会裡了，此刻怕登台了吧！偏偏娘这兩天又病势沉重！呵！假如娘就这樣不会好起来呢？……自己……！耳際是雨声混和着娘的病弱的鼾声，她自己一个坐在灯光对那低垂的帐兜儿，悲哀和恐怖渐渐向她侵袭着！一面还幻想着她們在與高采烈的情景。

P.139

一陣敲門声在雨声中湧現，接着她听见楼下有客人说話的声音！她走出外面来時，看着C教员手中拿着淋漓的雨具，在广上等她。

她本想不去的，但C教员再三勉强她——幾乎是懇求她，说她不去時她们就表演不成功了！这一组裡缺少了半个也是做不得的！臨時喊他人来代替，亦不可能了！……又说她们可以提早表演，两三点鐘内便可送她回来的！

她终于穿上鞋子，跟C教员跳上車子去了！夜裡雨中的街上很是蕭条！一陣冷凄的情调撲上她的心上，她悔不該抛棄了危在旦夕的病母而走向娱乐的場所了！但她只有昏然地听着淅淅的雨声和辘辘的車行声，没有回去的决心！

廿二

P.140.

她没有到校裡已将近一个星期了，同学们都记掛着她，这天，许女士和如容一同到她家裡来探视。

她俩走入大門，见那裡面寂無人声，厅上只有些零乱散碎的纸屑，鋪滿地上，显然地，牠的主人们是棄牠而去了！

她俩嚇了一跳，高声地把'蓝青'叫了幾声，她家裡的一个老僕婦才由後面走出来！

不等她俩的發問，她便又傷心又急促的诉说了。她说，奶奶的病势已到垂危，许多中西医都说難望生存了，所以大少爷和店裡的伙人们都主張趁着她一口氣还存在，運回S村家裡去善終才算福氣的，不致喪身異地！就在今早，今早四点鐘光景坐帆船回去了！姑娘也跟了去了！

“那麽，以後不再回A市来麽？……”人去楼空，一陣悽凉空寞的情调向她俩襲擊着，痴情的如容已流下淚来了！

“不能再来了吧！唉！早上姑娘臨去的時候真哭得夠呀！她一面收拾着書本一面哭，还一面哭一面写着信呢呀！她留给姑娘们两封信哩！”老妇人从袋里把她掏出来给她俩。一封信简小一点的是给许女士的，还有一包不知什么東西和大一点的信也都写着如容亲展的字样。她们俩只得充满了惆悵回去了。

就在这个時候，S村的屋角已隱约地透入她的船头了。从遮着軟簾的船头裡望出去，还看见滔滔的江水和浮蕩着的幾株石蓮花。她的眼光不是憂傷地投射在直躺在被裡，連臉兒都看不着的母親身上，便是無聊地窺望着船头的景物。小小的这隻帆船就像一副搾壓机，把她的身和心都緊緊地壓得透不过氣来！

船靠在S村的岸畔了。病人抬進屋裡的時候已不能说话了，她只微微地睜開眼睛来，看着這渴望她的主人到来的房裡的一切東西！

这晚上大家都环绕在病床前纷擾了一宵，病人只是不斷的喘着氣，亦没有什么变動！她呢，她的心上像罩了一層濃霧，只有昏茫地暗泣！

湊巧得很，隔天上午的時候，她的三叔父由南洋回到A市来了。近来南洋的樹膠生意做得屢次失敗的他，带了家人想回祖國来经營些

P.141.

開明（B）16×20

開明（B）16×20

P.142.

別種商業。听了嫂〻臨危的消息，他只得趕午前的火車跑回故鄉來。

三爺跑到嫂〻床前時，看了哭得死去活來的姪女和只知欲耍的侄兒，國炎也有些慘然！病人已不能对他付托什麼了，只睜着眼睛向他凝視，看得三爺更是懔然不安！忠心的表姈走过来把大奶〻病中想和他说的话轉告他，說她的这一塊肉若蓮要求三爺向她負起父親般的責任！又說要求三爺許她讀書繼續，將来婚姻問題等她自己作主去。又說她自己还有~~整萬~~幾千塊錢的存款在A市的莊裡，叫三爺作主撥給她蓮兒做学费和嫁資……。表姈說完还代大奶〻揖了一揖，見三爺只有默然，又叫滿面淚痕的她，过来拜求叔父，說以後叔父就是你的父親了。

再看着病人又向他睜眼的三爺，只得悚然地開口把一切答应了。

到了晚上，病人似乎清醒了一点，就快要僵硬的喉裡掙出“三叔这兩个字来！等到三爺在S村的紳商俱樂部裡走了来時，她又只是喘着氣，睜着眼睛，看〻女兒又凝望着他。

P.143.

"你还不放心么？我已经把你说的一件件答应了。只要她肯听话，学规矩，我是把她当自己儿看待的。你的後事我也会为你理得好看，妥贴的，你放心吧！……"在俱乐部裡他已完全知道了侄女儿的一切放荡行为了，他恨嫂嫂没有教养，送女儿进学校，把女儿弄坏了！"国忠呢？母亲这樣地病着还游荡去么？快找他回来！……你们不用哭了，赶快把後事料理，停下子会够你们忙呢！……"他作了一陣威福後便出去了！

病人很辛苦地喘了几个钟头，到後来便渐渐气息微弱了！芷青这个時候已不会號哭了，她像受了过度的刺激，只紧紧地握住母亲那抽搐着的一隻手儿，失神般瞪着两眼，

半夜的十一点多钟，大奶奶只得撇下她唯一的女儿'與世長辭了！當众人把死人的尸体抬放落木版上指向广上去時，可怜的芷青只是把手指撑開母亲那不瞑的眼皮，和紧抱着那渐渐僵的身躯，老不相信相依为命的母亲，就这樣地棄她

開明 (B) 16×20

P.144.

死去了！

從这个時候起，在三叔和哥哥的淫威下，度她悽凉悲苦的閨中生活了！

廿三

又是江南草長的暮春三月了。一連下了个把月的綿綿不斷的雨兒，把G村和A市的交通要道幾乎塞绝了！这幾天郵差没有来，送A市报纸的人也没有来，小小的G村似乎给外界隔绝，只讓緊湊的雨兒把牠狠狠地罩壓着！

自去年母親死後，在家裡幽禁了幾个月的光陰，终于掙扎着離開那牢獄般的家庭的茹青，得了許女士的介绍和策勉，于春寒料峭的元宵節後，帶了一肩行李，偕了相依為命的忠婢绛桃，走来这距離A市只有十里左右的G村的一个中產階级的家裡担任家庭教師以来，已經寂寞地度过了整个的春天了！

——今天有些陽光了，好呀，天快晴了吧

P.145.

？真逼得人心头悶死了！……鸥姊今天一定有信来的，可恨的郵差！……她照例把第一組的高级小学的学生教完之後，便背着手巡視着那第二三組的合共有十一二个年紀很小的初級生的書法。灰薄的陽光照得那塊小黑板上有些閃光，她跑出课室来，站在檐下仰望着天空。

天空真地是晴朗了，深藍色的很少雲翳，久不見面的太陽，也偷從白雲隙裡，吐漏出光芒来！

——真也奇了，要落就落个不休，要晴就爽爽朗朗地晴了！昨晚上不还是下着很大的雨嗎？……

——昨宵的狂雨真使人心寒胆戰呀！娘在身旁的時候自己安安穩穩地快樂着，現在，身和心都整天動摇着般！唉！……那雨，真使我感到像站在危巖峭壁上，摇摇欲墜，她靈魂兒都飄蕩起来，唉！……

這幾天她又不知不觉的悒悶無聊起来！那顆给許女士鼓勵得热烘烘的心兒，又漸漸泛出層層

開明 (B) 16×20

P.146.

暗影了！

——听東家奶〻说，外面这幾天像有了什么变動，鄰村有難民逃来这裡呢！不知这G村亦有影響嗎？自己一个孤零無依，唉！……連鸿姊都不给我一点安慰，没有隻字寄来了！唉……

"先生，来上我们的课了！"她呆〻地望着天空，听了这樣的叫声時忙跑進课室裡去。

这間不甚大的课室裡，一共坐着十多个階級相同，年齡相差的学生，男的女的都有，他（她）們是丁長明東家的儿女，叔，侄……和親戚。他们对先生还算不錯，尤其是这个孩子般的鄭先生，他们对她是很親密敬愛的。

雖然是过慣了小姐式的嬌養生活的她，此刻為人在客，感到不少的不舒適和不如意，但终日对着这些天真可愛的小学生，下课時和他们谈〻故事，閒步田野，徘徊溪濱，……也使她減去無边的烦悶，和感到生活之有意義！

幾千塊錢的遺產她不再夢想了，繁華富麗的生活她也不願再沉淪其中了！她充滿希望，

开明(B) 16×20

P.147.

勇氣，想自作工，自生活，把黑暗的家庭拋棄了的！

她現在是很奮發，勇敢的，不过悽零的悲哀和茫茫前路的恐慌，却時時在她軟弱的心坎上躍動着！

午飯後了，她剛拿着一册自去年以來在女学生中十分流行的C氏小説在閱看，一个小学生飛也似的從外面跑來。"先生，報紙來了，很多哩！"寂居村中，把信件和報紙看成第一消遣品和興奮劑的她，連小学生們都知道她的嗜好。

"呵！郵差也有來过麼？……"她跳起身來把小説放下，接了一大束堆積了將近一个星期的A市報紙。

"没有，没有郵差！"

"該死的！送報的都來了他还不來！"她急急拆開報紙的封面，先揀星期三的附刊有XX文学社的刊物那一天的報紙看着——这刊物是A市——也可以説是嶺東沿H江一帶流域的唯一文学團体，是許女士和那姓顏的幾个愛好文学的青年所組織的。説到許女士，她在去年已經從W校的高級部畢業了，摒棄一切的和愛人

開明（B）10×20

P.148

颜閃星在一个小村落裡当着小学教師——因为她近来对文艺又有热烈的嗜好，所以曾做了幾篇小品文和新诗，叫許女士为她修改，有時她也便把她發表在这刊物上。

她先看刊物的目錄上，發现了自己的名字，心裡便架架地跳動，微笑浮现在她的两唇上了！再看下去，她的一首清明節憶死去的母親的诗，刊登出来了！

——自己也許可以成为女作家，女诗人吧！……现在國内文壇上，不是很少有女作家，女诗人嗎？自己未必全無天才，大概可以從这方面發展吧？……她的心裡又浮出了一道光明的前途！

——自己以後真勿再頹喪，沉悶了！努力用工起来吧！……她把那首诗讀了又讀，看了又看，不觉孩子般笑出来了！

课堂的鈴声响着了，她只得放下报纸，踱到讲台上去。臉上浮着笑痕的向他们讲解。

晚上，她把新聞細心的閱看，但并没有關于政局，軍事等变動的記載。她想，鄰鄉一定

P.149.

是自相残杀吧，械鬥吧！

她再把那纸刊物拿出来细细地读着。裡面有许女士的短篇小说和其他不相識者的诗歌，一篇散文叫'月光花影'的却是姓顏的作品——描写他和许女士的甜蜜生活的作品。还有文字艳绮清幽，情景活動生趣，她不觉讀得心裡醉迷迷地，把他俩的在爱中的生活描想出来！………

——他俩真幸福呀！恋爱成功了，目的達到了！在那樣清幽的鄉村裡，——比G村風景清麗得多的小村裡當小学教员，把醜恶的社会忘却了，把人類的纠纷忘却了！……呵呵！他俩真快樂呀！人生的意义不就是这樣么？……自己亦極願看輕一切的虚榮，名利，和爱人偕隱的！可是，此刻谁是我的爱侶呢？谁是我的同调者呢？自己父母全没有了，親骨肉的兄弟姊妹也一个没有了，連个爱我，看護我的同性或異性的朋友也没有了！唉！……她想到自己的恋爱事件去時，舊的創痕很深刻地一一創痛起来！……

——听浣玉说，宋先生最近已到美國去了

開明（B）10×20

P.150.

！他定恨我哩，向他说"我爱你，请你恕
我"的话是已经太遲了！他还算是为我犧牲
，在我心版上刻着第一道深痕的男性！唉
！……这个時來她不觉对師玉抱起愛感
了！

——听说贞寧已经挽了文蕙的手兒，一同
到S市升大学去了！呵，这个懦弱的羔羊
也会向自己復仇，他的醜粗的红顏已不再
为我所有了！……莫怪他了，都是四少
害我的！唉！如章！这个不良少年，这个
浮蕩少年！他把我未经男性接觸的红唇蹂
躏了，他把我和贞寧的爱情破壞了！……
他全不曉得爱的，他是爱情的大罪人，他
把我當玩物，當娼妓般的玩弄着的！唉！
如果没有鸥姊的警告，和自己不早一点识破
他的鬼蜮技俩，那末，自己终身的幸福不
是给他剝奪淨尽了应？自己的處女之寶不
是險些就给他毁壞了应？……痛憤的
热淚在她眼裡滚下来，她感觉心口上一陣灼热！

——可是，可是！唉！……他雖不是我

P.151

相当的配偶，恋爱之侣；但自己的双唇不是因了他那迷人的脸孔和手段，而给他吮吸去了么？自己的身体不是给他拥抱过了么？……精神上雖然到现在已对他没一丝爱感，但肉体上他还不是我唯一的男性么？啊啊！………她的心口上又似乎塞住了什么，脸上更烧热起来，

——呵呵！接吻，接吻！不能忘的那一次的拥吻！………她迷迷离离地好像四少的迷人的脸孔浮现在眼前，有酒臭的两片红唇送到自己的颊上来！…………

廿四

是寒冬岁暮的距离除夕前只有两天的晚上，她和如容，四少，一同到影戏院去。

自从國產的影片風行一時以来，A市亦應運而產生了两三个時髦的影戲院了。这些場所，無疑地便成为青年男女们的恋爱，和交際的

場所了。

她和四少們到這影戲院裡，在今晚算是第三次了！

P.152.

片上演的是艳情劇，当那男的抱着女的，慢慢地把唇兒送到她的口角去時，幕上突然只映着两个緊閉眼睛，嘴歀着嘴的放大的人影。……

在模糊中她觉得腰際似乎有隻手兒在向自己緊緊地攏抱着！一陣迷醉的感觉使她全身無力地只想倒下去！……

等她漸漸清醒，在淡綠色的電灯光中睜起眼睛看時，才發見自己的身体已有一半倒在隔椅上四少的懷裡了！她吃了一驚，偷眼看看如容時，見她正很集中注意力在幕上，才把狂跳着的心兒稍稍寧靜。

'呃'！她把身子擺動了一下，他的手腕才由腰際漸漸鬆溜下来，还在她的腿上捻了一下！她裝着不知觉地避開他的視线，心头又害劇烈的躍動着，没有注意到片上是演着什么了。

一陣冷風向她的灼热的臉上送过来時，她的腦裡清醒了許多，她已站在院門口了。

"我们到餐館裡吃点東西去吧！你觉得餓嗎？"四少在亮如白晝的院門口向她說。

"也好！……"她只点々头，不敢望他。

"我不能陪你们去了，头暈得很！"如容跨上了人力車，头也不回的回家去了。

她跟他走上西餐室的房裡頭。

伙计拿了菜單去後，撤下了白淨的軟簾兒，他跑近她的身旁来了。

"哈々！鄭女士！不，我的青妹！你怎広不抬起臉兒来呢？……"他半用腕力的把她全身由椅上抱住了！…………

"姑娘！你还不睡広？呆々地想什広呢？"她正沉陷于过去这一幕不能忘的喜劇裡，睡了一觉的绛桃，醒轉来時还看她在灯下呆坐着。

"啊！……"她咀嚼着餘味般，把舌头向兩唇上舐了一下，紅着臉走到床上去。

昏々地亂想了一陣，听见隔房课室裡的自鳴鐘已敲三下了。她反而漸々清醒起来，一点睡意也没有！像过了一定睡眠的時間，她無论怎樣也睡不下去了。她把身子轉向外，發見

P.15.3.

窗外的月光斜照在衣架上，很亮很亮。

——就起来坐她一个整宵吧，横竖明天又是星期日。她把身上的一条毯子拉開，坐到月光照着的衣架前去，她看見晶瑩的一輪明月了。再向窗外望去時，庭前那株柚子樹的繁枝密葉裡，閃出一縷縷的白光来！

她正欣賞着这幽美静穆的情景時，一陣夜風把柚葉吹得颯颯震動，更由窗外透將入来！她打了一个寒噤，眼前優美的景色突然滲進些蕭寥，悽冷的意味！她意識到自己是飄零異鄉，隻身孤影的独處坐在这樣的斗室裡時，两行清淚又在頰上閃爍地掛着了！

輾轉了一晚，在曙色映進窗隙時，她才昏昏地睡去。

她夢見師王，夢見四少；又夢見死去的母親，終于在噩夢中哭醒来！

“姑娘！醒轉来啦！呵，呵！哭做什麼呢？”她睜開眼時，徐桃剛從外面捧着早点進来。

勉强起身梳洗，在鏡裡她發見自己的眼光全無神采，眼睛下面还罩上一條黄黑的暈帶，

P.154.

開明 (B) 10×20

呷了幾口稀粥，她伏在案上把C氏那篇小说看着。小说裡那个女主人翁对于恋爱不能忠实和游移不定的性质就像她一般。她想，自己所以对恋爱不能成功的弱点就在这裡。她越看越觉得头部像刀削般抽痛着，但小说的兴味吸引得她不得不继续看下去。

P.155

"先生，信来了！你的信来了！"两三个小学生，伸着隻小手高高地拿了一封白色封筒的信儿，由外面跑進来。

"呵！来了，来了！"她本能地知道是许女士的来信，但每星期将她代改的高级生的一束国文卷子都没有附寄来！

"呃！……"她匆匆地把信读着，不觉惊叫了起来！许女士的信裡说：这幾天前政局上起了个大波浪，她教着书的这个像世外桃源的鄉村却大大的受了浩劫！農民和官兵对敵，打起仗来！弄得鄉民都走空了，学校也停办了！在大雨如注，满路泥潦的午夜，她和她的爱人閃星，跟着逃难的鄉民逃至鄰村去！饱受一場滑稽的惊恐。平復之後，她俩的一切衣服用具都给克復地方的軍士们拿去做慰勞品了，連她所心愛的幾本破書也蕩然無存！……此刻她俩是走回在他的故鄉——僻處S山麓，一夕数驚的顏家村。……

"哎唷！怎麼我竟連半絲兒消息都不知道呢？这个G村何以独会平安無事呢？"她不觉这樣的叫了出来！後来她才明白，G村都是中產人家和出洋谋生的工人居多，所以不致釀成事變。

许女士行裡又说，这个意外的打擊把她俩的不与世爭的恋愛的美夢驚醒了，现在外面遍地棘荆，还没有恢復原状，加之平時不会鑽營，交際的她俩，此刻是陷于失業窮迫裡面了！经濟上已起恐慌，不知要怎樣生活下去了！……

"呵！她平時是不肯和那班人妥協的，一時要找職業，很艰难吧！……"她代她俩担心起来！

经了这意外的激刺，她的头痛越發劇烈了，渾身就像要鬆解就没有一点氣力，小说看不下去了，她只得倒臥床上。

P.156.

渐渐地觉得口腔和鼻腔相接的地方有些辛辣又有些塞碍，口裡也淡而无味，全身却由散懒转到酸痛了！

"姑娘！你不舒服麽？呵！有点發热呢！"给锋桃这麽一说，她也觉得自己身上有些闷热，脸上更是灼烧，手尖和脚尖却冷冰冰地！

昏睡了几点钟，到下午更觉得辛苦了，

几个大一点的女学跑来看她，见她昏昏睡着，便出去了。

"呵唷！"她從恶夢裡醒来時，出了一身冷汗，觉得脑裡虽有点清楚，但身体已是病着了！

——呵！这个時候是上午还是夜裡呢？我不是病了麽？……灰薄的黄昏的残照射着帳兒，她室裡冷清清地，只有几件用具寂寞地浸在这黯淡的凄光裡！

廿五

病中嘗了不少的凄冷寂寥的滋味！她对这

P.15-7.

開明（B）10×20

P.158.

清幽淡泊的教書生活苦悶起来了！——有時徬徨，有時苦惱，有時悲哀……再也不能安和地與这些纯潔無知的小学生相處了！後来她得到一个很痛爱她的远處南洋的姑媽的来信，说她小小年纪，便过着刻苦的教書生活，很是可惜，说她若经济缺乏，她多少总可以帮助她的，还是继续求学好！这樣，她便决定下学期再進學校了。

天氣漸漸地热了，她盼望暑假快些到来，结束了这兒的课務後，便可到A市去了。往A市補習些一年来荒廢的英算等学科去。

端午節过去了，她向東家辞去了教席，由绛桃挑了那一担蕭條的隨身行李，和他們告别了。幾个大一点的女学生都送她到車站——由G村往A市的輕便車站上，車行的時候，那个平時和她最爱好的学生竟流下淚来了！

"望先生将来来这裡探視我們！……"

"祝先生平安！"

"祝先生……前途……光明！"那些学生們都哽咽的為她祝福，她也黯然地向她們揮着素中。幾月来相聚的師生情谊，也令人意々地捨不得的，但前途的無限希望在她腦裡躍動，漸々迴望不見她们時，也把别愁消失去了。

到A市後便寄居在吴先生的家裡。她只有个媳婦和兩个孫子，倒也清靜可以安居。

和A市作别，到此刻已整々地一年又零幾个月了。故地重来，A市的馬路和洋楼都無恙，但自己已是孑然一身，沒有和諧的家庭了！惆悵之感，使她不觉流下淚来！

她在隔天跑了一天的街，买些零碎東西，又访些故同学。很奇怪地她们都对她生疏了許多，很隔膜的不像平時般款密了！她想，自己僻處于鄉村若年餘，今較之她们，真落伍了！

最後她瞧着W校的级友沈約芳，她已经在初中部畢業了，現在在家裡專请教员来補習，預備下学期到上海升学去的。

—眼看同级的朋友们都畢業了，證書在握，高举遠颺去了！自己卻白々地荒棄了可貴的光陰，以後再不努力，真地趕她们不上了！……她这樣想着。

P.159.

开明（B）10×20

P.160.

纫芳又向她说，如容也毕业了，已经到H市専读英文去了。她的哥々四少也同去的，说他想在地方比A市繁華的H市找恋人，A市的女性他都讨厭了。她说後还向她笑着，看来関于她和四少的恋史，纫芳是一定知道的。

"他们兄妹俩都離開A市広？"她顶担心的就是怕在A市碰見那个不良少年和存虎作倀的如容，怕他们会向自己纠缠或尋仇！現在知他们不在，才把心放下了。

她和她谈了一会，便把来A市的意思告訴她。把纫芳喜欢得拍起手来！

"那就再好没有了！我的两个姨表妹也想進W校而在我家裡補習的，剛和你是同级——三年级上学期，真好呀，我们再来继續從前的遊樂吧！……"~~纫芳说~~。

她天々都到纫芳家裡補習来了，也和她的表妹姚菊影和竹影認識了——她俩是和她從前一般嬌貴和時髦的姑娘。

她不久便和她俩很知己的成為好友了。每晚回到吴先生家裡總是凄冷的一个人静坐读書

P.161.

，把她悶死了！又不是自己家裡，对吴先生们總要客客氣氣地不能自由，尤其使她感得不安。这樣，她便時時不辞她俩的挽留，在她们家裡住宿着。菊影们有父母，兄嫂和奴婢們，是个和暖的富有钱的家庭。和她们有说有笑的頑耍着，真比較那清苦的静寞的吴先生家不同了，不过吴先生很是爱護她的，她不忍決然的從她那边搬出来。

有一个使她愉快的消息寄来！是许女士寄信给她，说自己下学期也要到W校教初中部和小学部的功课。她失業很久了，还是W校的校長看她在畢業生中算学問很好的一个，收容她来母校担任些功课。

開学的那一天，她抱了巨大的希望走進W校的門口時，一種似傷感非傷感的情调向她襲擊着！她看看早日[redacted]憑欄下望的運動場上新栽的榕樹，現在已居然成陰了；课室裡的土牆都刷上了白粉，氣象也新鮮许多了；………但变更得最厲害的还是那些同学——那些去年还不曉得革命是什么，供她和維强们指揮的学識淺陋的同学，听说自此次政治突变以来，故日的活動人物既受了淘汰，他们这一班僥投机的補充下在A市方面幹起革命工作来了。他们声势威嚇，徽章在襟，五皮在身，把学校看成退閑所了！…………没有变更的，只是校前那浩浩茫茫的大海。

最使她氣不过的，便是因了抛荒一年的功课，现在不得不和去年比自己低级的同学们成了同级，而本来是同级的呢，却变成高级部的学生了！

P.162

上课後第三天，市面便有了谣傳，说政局又起動搖，自清党後成為土匪的X党徒，要襲攻A市這方面来了！

"那便怎樣办呢？我们校裡是有名的努力革命的份子，清党的時候也有了相当的功绩的！給着那方面一到来，还了得么？……

……"同学们都這樣地担驚着，她和许女士尤其恐慌！

"我的学费都繳交了啦，这次学校若遭不幸，以後就难望姑媽的帮助了！"有些同学说，她们早就預料到的，学费等钱还死也不向

P.163.

学校先缴，待观声势。可怜自那一次政局上变更以来，連平時最與世無涉的学校，也捲入危險的旋渦了！

大約过了一个星期的恐怕時間，前方调動了許多軍隊来A市駐防，谣言才漸告平息了。

过了中秋節，第二次的谣言又熾盛起来了！每晚上在热鬧場中或僻靜的地方，総有幾声震人耳膜的手榴彈的爆發声，震得全市的民心都倉皇起来！

因为菊影們的家裡近着英國領事，她們的父親也入了英國籍，有起事来，可以托帝國主义的餘蔭得以安全。所以自上次谣言四起的時候，她索性辞了吴先生，和绛桃一同寄居的菊影家裡了。

廿六

約莫在孔诞辰前後那幾天，市面的一切都过份的騷動着！那些資本家和各机関和政党的中上级的人员都溜之大吉，乘槎浮海去了。W校的校長和努力革命的学生们也半逃难半旅游的到H港去了。他临行的時候还召集全体的员生们開会，叫他们不要轻信谣言，地方是安於盤石的；叫他们要安心讀書，継續上课，……幾个头脑簡单点的教员和学生们也信以为实，開完会便挟着書本踏入课室去。他们却悄悄地把校裡一切重要的文件，單據，……和個人的東西，都收拾得点滴不留，带着下汽船去！

谣言终于实现了！×× 軍已经不遇抵抗地佔據了A市各地了！那个時候她还在课室裡的，没听着一下槍声，也没看着一次对伏。她想，这様的把政局変更了又怕什麼呢？自己空担驚了！

在室裡躲了幾天，外面静悄悄地并不見有何動静。今早起来，倚着街窗下望時，馬路上憧憧往来的頸間结着红巾的××軍都不見一个，只有冷清清的幾个行人。她正覚得奇怪的時候，菊影從室外跑進来喊道：

"好了，好了！红軍全敗退了，革命軍已

P.164.

開明 (B) 10×20

经由C城開来，距离A市只有二三十里的陸路就快到了！……"

"真的嗎？怎麼来得那樣容易，又退得如此突兀呢？……"

"你不見街上已沒有半个××軍了麼？警察就要照常出来站崗了。父親在英領那边听到的消息。……"

"那末，我们可以到街上去，到校裡上课了！"还没有起身的竹影從床上跳了起来。

"呵！我忘记再告诉你们啦！父親說，××軍来的那幾天，把我们学校駐紮了呢！他们退走後，給一班流民之類的人，乘勢到裡面把一切校具都搶的搶，搗的搗，連門窗都拆下来搶去哩！……外面还傳说××軍要搜殺W校的员生！真嚇死人啦！父親說，这樣政治色彩濃厚的学校不適宜学生求学的，以後还是轉学好。……"

"呵唷！学校如果不能恢復，我们不是白破去一学期的费用嗎？……"她真着急起来了，自己把上学期教書所存的薪水还了学费哩

P.165

開明（B）10×20

P.166

，真可痛惜！还有许女士，她不是又失業嗎？

市面的一切營業，交通都照常恢復了，每次由H港来（開）的汽船都載滿了那些为逃难而去，实際是倦遊歸来的~~中上階級的~~群衆。W校的校長也回来A市了，他向××政治部和市政广呈了一纸学校为×匪搗毁，校具蕩然，損失甚鉅，现不能继續開学，要求撥欵補助……的呈文，便把学校的兩扇大門關閉，把这学期收各欵，袋下自己的荷包裡了！却把每人一个月的薪水發给教员，叫他们另尋生计；学费等不發还学生，却叫他们另尋補習，待学校能夠恢復之後，再来就学……！那些在社会上全沒位置的员生们，只好忍了氣把一学期的生活和学問犧牲，那些会革命和活動的呢，却和校長瓜分贓所得，發他们一次横財去了。

经了這次意外的挫折，把她的雄心跌宕無餘了！她一方跟着菊影们过着舒適的小姐生活，他方不自觉地对（那）向她伸展着的物質诱惑，無抵抗的屈服了！

有時中夜醒来，想、自己一身孑然，~~百無~~後顧

P.167.

茫茫，看看他人或倚着慈母的肩膀，或躲在爱人的懷中，使她不得不起早点找覓歸宿的念头了。而且近来也有点过于揮霍，自己的私蓄也用得差不多，那幾千塊錢的遺產又使她羡慕起来了！她想，应该回到家裡去吧，到家裡領回那份金錢去的！回去，回去！……自己既不能找相当的恋人，還是把一身交給三叔們，等他們為我擇偶吧！舊式婚姻雖無好可言，但真正的自由恋爱要到何時才碰着呢？……回去吧，物質的生活能夠安適就好了，精神呢，唉！……

‖

……許女士不是很倔強的唯心派么？屢次的失業，看她也很頹喪，無聊的，自由，自立，……敵不到許多了！……

是落葉蕭蕭的秋風裡了。她雖和她們整天的穿了時髦的服裝，逛着熱鬧的遊戲場，但她的內心裡總時時苦悶着——苦悶着煩愁如海的茫茫来日！

她的這番離家出奔，在兄嫂們是沒感到什么的；只是負有鄉紳望族的声誉的三叔父，却真着惱得很！有些族人們說她是淫奔，跟男

稿纸（B）10×20

P.168

學生逃走了，又有些說三爺侵吞到寡嫂死後的遺款，把侄女追走了！所以他为要維持虛偽的面孔起見，很想找她回來，養在自己家裡，堵塞一般族人們的口！

最近三爺的大兒子國光，在A市的影戲院裡碰到了她，才知她是寄居於朋友家裡的。他回來告訴了父親，三爺便叫了一个傭婦，囑吩她半威嚇半軟導的把侄女邀回家來。說过去的一切他都不向她計較，責罰了，只要她從此肯安心依着嬸母們过活，母親的遺款是一定撥还她做粧奩的。又說她此刻外面的名譽很不好，將來若再有沾家声的事情發生時，他为了鄭氏的名譽計，是不能輕易把她放过的。末了說他念及長兄只此一塊肉，实不忍看她在外面飄流，墮落，勸她还是回來——回來自己权衡好。

有什么方法哩？一次再次的奮鬥，在她的已嘗遍了艱难，淒苦的滋味了！而況眼前有的是可以倚靠的不費力的小姐生活，看了許女士那樣的陷于困窮，她沒有勇氣拒绝三爺的誘導了！

P.169.

稿纸（B）10×20

廿七

自從回三叔〻家，把殘冬度过之後，眼前又是惱人的綺麗春光。她寂寞地，驚怯地迎着她二十歲的青春了。二十歲是一生青春期的頂点——尤其是女人，过了二十歲，那末，接着便是沿那一方漸〻的低下去，是廿一歲，廿二歲，……了！不轉瞬間到了年过花信，那時，青春便宣告離別，剩下的是炎暑當头的夏天了。

元旦那一天，她無聊賴地勉强裝扮着，跟若英——三叔的女兒——們裝出笑臉向三叔和三嬸伯娘行了贺年礼後，回到房裡來，笑又不能哭又不敢的悶坐着。

——呵！今天我便是二十歲了——令人讨厭又令人不得不过的"二十歲"終于到来了！……近来總觉有一種說不出的苦悶，虫般嚼蝕心头，……唉！我的華年可算是

P.170.

辜負了！……………

——若美的婚事已经订定了，她才十七歲哩！……表姊碧君听说已有了小孩，做母親了！………自己呢？唉！………看三叔们是很替自己的婚姻負责的，盼不得我快点有个结束，可是………她回家後，亦有许多媒婆来向她求婚，問年庚的，但对象都是些纨绔子弟，或有着專制家庭的，三嬸叫若美探問她的口氣時，她都不躊躇的拒绝了！

——在这里要装着一副虚伪的面孔見人，全没一点真性，他们的資產階級的嬌奢，残虐……的態度尤令人看不过，像那一次三叔的虐打車夫的情事……！唉！……

……听说年底若美就出嫁的，这个畧可言谈的人也不在这里，那末，自己整天被幽禁於这冷冰的家裡，不把人悶死么？……

她正伏在案上出神的想着，若芙和國良的妻子笑嘻嘻地由外面走入来。

"恭喜你！蓮姊，你今天有兩重喜事呀！……"若芙走过来向她滑稽的揖了一揖

P.171.

，哈哈地笑了。

“真的，蓮姑娘！你今天的喜信来了！”

“什麽喜事呢？你们串通了来向我開顽笑呀！”她不得不装着笑脸。

“告訴你吧，蓮姑娘！你的婚事又浮動了，不是開顽笑的。”年輕的國貞嫂很正经说。——难道今天正月初一，也有媒婆到来求親麽？……她不好意思这樣發問，只是狐疑着。

“這位姑爺是我们都看过的，也是近在咫尺的一个人！……”若芙再拍着手笑了。

“不要總拿着我開顽心啦，究竟是什麽事呢？”她越觉得茫然。

“不要急死你了，等我说吧，就是住在我们楼下的那个姓金的客人！……”

“又哄人了，你这張嘴！……”她心裡突突地跳起来！她想，是那个林松卿麽？怪不好看的！……

幾天前楼下来了个南洋客人，说是國貞從前要好的同学。他叫金貢瑞，雖说是C城人，但

P.172

稿纸(B) 10×20

自少就在南洋生長，还不曾回到祖國来的。這次是國舅特地叫他来A市三叔所創設的汽船行裡當寫大，因而寄居在这裡的。听说他的英文程度很好，在新嘉坡的什么書院，读英文读到最高级的第九号呢——我们南洋的僑胞，说起读英文的程度時，老是把第幾号排着的，可是國文却連半个也不懂！他家裡没有什麽人，只有个各營生计的兄長，和嫁了人的姊姊，父母哩，在两年前都死去了。

関于他的身世她是知道的，當若英把这些话告诉她時，她亦对这陌生的客人起了身世飄零的同情之感！處在这樣的家庭，他和她當然沒有接觸，晤谈的机会的，可是昨天她和若英偶靠着街窗俯望行人，他刚刚由行裡回来，那副赤黑的臉孔襯着一个很厚而大的红唇口，和遍身特有南洋的俗不可耐的風味映入她的眼簾時，她不禁对他没来由的憎悪起来！

因為她平時頂喜欢讀C氏的一个長篇小说，把裡面的人物都实際化起来，腦裡留了很深刻的印象！所以看了这个客人以後，和若英谈论及

P.173.

他的時候，就把他叫成林松鄉——这小说裡的南洋商人——了。

若美说，早々三叔和嬸々讨论到她的婚姻問題，说她已经二十歲了，不能再事苟求而耽擱了！姓金的家世清白，没拘没束；性情忠实，本事又好……看来是她極適當的配偶了！叫嬸々要切实劝導她，劝她不要再希望嫁给那些浮滑的新学生，新青年了！姓金的家當雖不雄厚，但每月能够赚百多塊钱的洋行差事，一生衣食也可温飽的。……这头婚事断不能再放过了，她縱不願意，三叔也要强迫执行的！本来兒女婚事，是不用他们自己参加的！……

"好啦，蓮姑娘！你貞哥々说，姓金的一切他都深知，一定不会误錯，色管姑娘終身是幸福的……"國貞嫂再咬着她的耳朵说，姓金的曾暗地看见她，说她漂亮極了！由國貞的介绍，他和她們可以先谈々心，見々面的！……

"……"

她再嘗试着恋愛的把戲了！有了热望和憂

P.174.

進的心理時，对对方總不致如何奢求的，而易于滿足的。全沒有Gentlemen的態度的他，全沒有時髦学生的氣味的他，全沒有貴公子，文士的丰采，温雅的他，……不要説較之四少和其寧有千万个不及，就連師玉那穿得很大方的西服装束也趕不上了！

——愛情和擇偶總不应该以外表取人的！

看他的性质，行動还不失为忠诚，謹厚的一个人，自己可以將就一点了！……她時時这樣的对自己寬解着。但有一次她和他在國貞的書房裡，很親密地谈着，他那痴笑的黑臉送着厚厚的紅唇向她頰邊来時，林松卿的幻影很清楚的浮现在腦裡，眼前更閃動着四少的醉人的面孔，和两片可愛的紅唇，她茫然地拒绝了他，像逃似的跑回自己房裡来。

——自己这樣聰明，伶俐，負有美人的稱誉，能令男性迷醉在裙下的姑娘，却終于给这个情趣毫無，俗氣滿身的南洋土著所佔有了麽？……她也時時这樣的对自己反問着，替自己痛惜着，但是，有什麽法子呢？

P.175.

"蓮妹，会你的Sweet-heart去啦！快点！……他已在我書房裡了，你由後面露走廊去吧！……"國貞走入室来通告她。每次都是这樣的，一有机会，他就叫姓金的上樓来到他房裡，同時又通告她；自己卻在書房外面站着，讓他和她接谈，一面窺伺外面可有什么動静，便可立刻示意给他倆。看来國貞对待朋友和妹子的热忱真可欽感，真是樂于成人之美的撮合者！

她連忙站起来，对鏡掠了幾下留海，再把一張香粉纸搽着臉兒。

"不用装扮了，侭够漂亮死了！……还不快点去么？他等得急死啦！……"國貞嬉嬉地邊看着她粧扮邊笑着说。

"讨厭的貞哥哥！……"她红了臉向他睐了一眼。"問你，三叔们没曉得我们的事吧？他近来有向你说到関于我们的話嗎？"

"横竖遲早都是他的人了，还禁止你们的晤谈做什么呢？……父母親和妹妹早知道你倆的秘密了！……"國貞哈哈地笑着。

P.176.

"真的？她们怎樣说呢？……"她停止揉粉的工作，睁着惊疑的眼光問他。

"自上天父親喊阿金寫信给他在南洋的兄長，报告他和你訂婚的話，一方面即是徵求他哥哥同意的意思。这是他们老年人認为应该做的妥貼行为。一等他哥哥回信，便要揀日子文定了。……哈哈！你哥哥为你介绍的人总不錯吧？如何？阿金不知和你将来要怎会樣酬谢这个撮合者兼間諜的我呢？……"

"已经去信了么？我还没有听他说到呢？……"她有些呆住了！

——自己终身就这樣决定了么——决定嫁给这个不曉得恋爱是什么，对人生全無相当的了解和意趣的洋行辦事人么？……

——近来所以和他晤谈，也不过聊以解悶——聊以發洩自己那像是性的煩悶罢了，那里说得上恋爱呢？和这樣的男性——最低限度说来，連風俗人情，文化都不相同，完全蠻陌般的粗鄙的男性接谈，没有一

P.177.

句不令人作嘔，令人討厭的，还有什么温馨，神采的情话绵绵呢？……把终身交给了他，無條件的交给了他，太不值得吧？太不值得吧？！……

——自己对恋爱也有相当的经驗了，縱不能夠找到最高理想的恋人，但相当的配偶最低也应该保有面貌清雅，思想和学识比自己高深或相等，对文藝略有嗜好的新青年等條件的。……不料苛求的结果是和意想相差得这末厲害，不料早日给他们

‖

——曾有可愛的资格的男性所競爭着的身心都给这个令人生厭的南洋客人佔據了去！不料……！

一陣烦擾和痛悔襲上她的心头，愤慨，愴悲的滋味更使她流下淚来，她没有跟國贞去会姓金的的勇氣了！……

廿八

P.178.

窓外的朝陽滿含着生命力地發射他的光輝，这光輝由緊閉着的玻窓外射進房裡，照着鉄床的銅柱閃閃放射光芒。

经了幾天来的煩擾和焦慮的她，这時雖躲在温軟的銅絲床上的被窩裡，但臉部灼熱着，通身却冰冷地毫不觉得舒適的意味，她擧起倦澀的眼睛望着朝陽的光輝；这光輝把她內心蘊蓄着的勇决精神完全恢復起来！

"蓮姊！你今天又是不爽快嗎？起身吃粥去啦！"若芙把晨粧打扮好了，一面灑着香水在穿上身的新衣上，一面说。

"头痛得很哩！我要多睡一会，你先吃去吧！"她懶懶地回答後便翻身朝向床裡面了。静听着若芙似乎抽開梳粧匣，再搽上些什麽香粉之類的東西，才出去了。

——呵！可耻的女性，自甘墮落的女性！

……你终夜時時刻刻在向外表粧飾，粧成紅艳，嫩白的一團肉——靈魂是完全没有了——供異性的淫樂，玩弄……！呵

P.179.

稿纸（B）10×20

呵！你自己犹以为是高贵的時髦小姐呢，实際上連下流的賣淫婦还不如呀！……不要说你，就是那些女学生，女教员，女革命家……不也是孜孜于肉的装飾嗎？只要能使她们臉上，身上增加一分可以取媚異性的艳麗，那末，她们便寧愿受了十分的困苦，艰难以求得！呵！……不要说她们，就是自己，自己不也是这么樣的一个墮落者么？不也是给现社会的資本劣根性所侵襲者么？……

——呵，自己，自己现在真需要找求最後的决心，最後的出路了！恋爱于我是無望了，也觉得对牠厭倦了！事業呢，在这樣的社会，这樣學識浅薄的我，更是绝望了！世界于我有什么可留恋呢？生存于我也可算没有意义了，假如还这樣的活下去！……但是，怯懦的自殺了，寂寞地死亡了，又有什么意思呢？……

——自己之所以会灰颓勇氣，再跨入这卑污，黑暗的家庭，踏入這資產階级的小姐生活的路，不还是社会的一切害

開明（B）10×20

P.180.

了我么？……鸥妹说的话真是洞见肺腑，她说，社会的一切制度不根本破除，我们人类是终于陷在苦恼的纠纷裡的！……

……她想到这裡，又把壓在枕下的许女士的来信拿出来读着。

"……時代的鐘声把我们震醒了，從沉沉大夢中震醒起来了！经了这様的物质的壓迫，生活的困苦，流連，精神的苦悶，屈伏……把我们夢想着的幽花様生存的理想打碎了，毁滅了！是一度幻滅、虛無的苦悶、悲念，進而是现在醒觉，勇决的時候了！我们——我和他都有了相当的觉悟，不願屈伏于社会的淫威下面，以求物质上安適的生存；也不願避世高蹈，冷眼旁观了；——其实是不可能吧！……我们要奋起，要努力，要和同病相憐，有澈底觉悟的同志——同時是给现社会遗棄，踐踏的青年聯合起来！推翻一切，破坏一切，幹着真正偉大的革命事業！来呀，芷青！来呀，你這彷徨於歧途的青年，快

P.181.

点醒觉吧，勇决吧！……

"你说你已经被迫着和个情趣不投的买辦階级的南洋客人订婚，不久就要有家庭了。你是不願意——万分的不願意跟他过那無聊的小資產家庭的生活，在苦悶着茫無際涯的掙脫後的出路……。唉，过去的不要说牠了，單講现在：你若能真正觉悟，觉悟前途無限的曙光，觉悟根本救濟自己，救濟他人的方策，那末，你起，你起！你还是个有为的女青年，女志士！把你資產階级的劣根性，態度，習慣……都拋棄了，讓牠遺留在你这再不能给你留恋的舊环境裡，却把你的纯潔，猛烈，……

……的热情——革命的热情煽熾起来，和我们攜手，踏上光明的大道！……你不可幻滅，更不用疑，時候已经成熟，已经是我们的了！再躊躇就会把良机錯过的，錯过之後就不用说了！……

"……………………

……………………"

P.182.

把这信读了一遍，信心和决心又迴旋上心头！她使劲地用两足举起再向床上一擲，就勢躍坐起来了！因了这樣的一个大震撼，床屏上貼着的姓金的的影片，突然跌落在她胸前来！

把头髮向前三分七分的分成大小两边，又把那大的一邊梳得有些高起的南洋風的裝式，还配着那最觸目的厚口唇的这張像片，充滿肉感地像片向她痴笑着！像片右角上，写再了一行With many kisses to my Darling, my Fiancee的英文。她恨恨地把牠擲向地上，又狠狠地跳下去把牠蹴了幾下！

“谁是你的Darling？不要臉的！谁是你的……？”看那在自己脚下被践踏着的他也有些可憐的樣子，她觉得自己太無谓了，太残酷了，把氣憤發洩得錯悞了！又把牠拾起来，放在桌子上。

——自己真要澈底觉悟，下最後的决心了！與其做个没有靈魂的肉的享樂者而墮落，真不如幹着精神得到慰安的偉大的事業

P.183

呀！……………芷青呵，芷青呵！一次再次的奋斗正是你的伟大，你不要懦怯，不要颓丧呵！失败就是成功，你紧紧地记着吧！……………沉默了一会，她心裡笑然这样的向自己暁示着，策励着。热情和勇氣像火般燒着她的心，她幾乎跳躍起来了！把两手向前伸去，抬头看时，对身照身鏡裡映着自己蒼白的脸孔上，充满了坚毅，果敢的表情。

"呀！不要你这万恶的東西——给社会一切的罪恶做工具的東西！讓你再套上别隻醉生夢死，妖媚無聊的女人的指上去吧！……………她把指上那照着陽光閃爍着的订婚的鑽戒，脱下来抛向臨街那个窗外去了。

"现在是時候了！呵，呵！娘，娘！……你遺留世上的唯一的女兒，要为自己为群衆努力奮鬥去了！……………你的一生都给现社会的一切制度壓害，以致棄了你獨生的女兒，飲恨而終的！……………呀！你女兒此刻奮起了，起来和那坑害你，害他人的一切制度復仇了！……………娘呀！……………

P.184.

她像發狂般把桌子上摆着的母親的遗像，拿起来狂吻着，热泪更不知不觉地滴滴掛下来！

——这一次的出走，一定把三叔们氣煞了，真痛快呵！把他那蒙上的一層友愛，恤孤的臉皮揭下了！……呀！我走之後，那筆一万塊钱的奩資，歸他已有，馬上又可以多偷贩些國人抵制着的仇貨来欺骗同胞，接濟仇敵了！自己交结了那些贪官，假革命者，不但没有危險，还可發了一筆横財！呀！你这同胞的叛徒，社会的侵蝕者的資本家，奸商，市儈！你的末日就要到了，厄運就要臨头了……她一面穿着外衣，一面咬着牙把三叔叔咒诅着！

——我可以走了，走開这物慾充溢的牢獄了！啊！不用再躊躇了！……她走出室裡去，發狂般由前楼的楼梯上跑了下来！嚇得坐在梯角上打瞌睡的小婢女，以為又給人家毒打了，從晚上失眠的濃睡中驚跳起来！

"姑娘！……姑娘！……"小婢的睡

P.185

意完全消失了，她睁開两隻充满红线般血丝的眼睛，看她匆促地，和平時不同的毫沒粧束便向大門外跳出去了，又不敢詢問，只有把她叫着。这時屋裡的人都在後廳上早餐，三爺们还高臥未起哩。

"啊！这鄭氏之門，永别了！……啊，啊！绛桃！可憐的你呀！你将我不見你相依為侶的姑娘了！…………她走出門口来時，咬着牙齒，緊握着拳两手不自觉地，悄悄地站住迴望，看着自己楼上那幅掛在街窗的紅窗幔，臨着曉風在向自己招展着！……………………

太陽已漸漸地升上澄碧的天空，放射他猛烈的光芒于街上往来熙攘的行人们身上了！

（完）

一九二八年冬完稿於A村

左联烈士手稿选

上海市文物局 编

国家图书馆出版社

图书在版编目（CIP）数据

左联烈士手稿选 / 上海市文物局编. -- 北京：国家图书馆出版社, 2025.7. -- ISBN 978-7-5013-8600-0

Ⅰ. I216.1

中国国家版本馆CIP数据核字第20256U24K2号

国家图书馆出版社
官方微信

书　　名	左联烈士手稿选
著　　者	上海市文物局　编
责任编辑	王佳妍
装帧设计	爱图工作室
出版发行	国家图书馆出版社（北京市西城区文津街7号　100034） （原书目文献出版社　北京图书馆出版社） 010-66114536　63802249　nlcpress@nlc.cn（邮购）
网　　址	http://www.nlcpress.com
印　　装	北京雅图新世纪印刷科技有限公司
版次印次	2025年7月第1版　2025年7月第1次印刷
开　　本	889×1194　1/16
印　　张	36.75
书　　号	ISBN 978-7-5013-8600-0
定　　价	398.00元

编辑说明

今年是中国左翼作家联盟、中国社会科学家联盟等左翼文化运动团体成立95周年。为纪念革命先烈、弘扬红色文化，上海市文物局特主持编辑本书，以为纪念。

本书编入柔石（1902—1931）、殷夫（白莽，1909—1931）、冯铿（1907—1931）、胡也频（1903—1931）四位左联烈士手稿，并以鲁迅（1881—1936）作《白莽作〈孩儿塔〉序》手稿为本书序。手稿上只有编码的白页，未收入。

书中所收柔石《诗剧》（四幕剧本）、殷夫（白莽）《孩儿塔》（诗集）、冯铿《最后的出路》（中篇小说）三篇手稿为首次公开出版，弥足珍贵。这些手稿不仅是进一步研究、弘扬左翼文化的珍贵文献，也让当今读者切身感受左翼进步作家当年抛头颅、洒热血的革命精神，鼓舞后人，催人奋进。

鲁迅在《白莽作〈孩儿塔〉序》中称烈士遗稿：『这是东方的微光，是林中的响箭，是冬末的萌芽，是进军的第一步，是对于前驱者的爱的大纛，也是对于摧残者的憎的丰碑。一切所谓圆熟简练，静穆幽远之作，都无须来作比方，因为这诗属于别一世界。』

本书编辑过程中得到国家图书馆、北京鲁迅博物馆（北京新文化运动纪念馆）和上海鲁迅纪念馆的热忱支持，在此谨致感谢！

编　者

2025年4月

目录

鲁迅

白莽作《孩儿塔》序（代序）

高二八七毫米、宽二一〇毫米

北京鲁迅博物馆藏

白莽作《孩兒塔》序

春天去了一大半了，還是冷；加上整天的下雨，淅淅瀝瀝，深夜獨坐，聽得令人有些淒涼。也因為午後得到一封遠道寄來的信，要我給白莽的遺詩寫一點序文之類；那信的開首說道：「我的亡友白莽，恐怕你是知道的罷。……」——這就使我更加惆悵。

說起白莽來，——不錯，我知道的。四年之前，我曾經寫過一篇「為忘卻的記念」，要將他們忘卻。他們就義了已經足足有五年了，我的記憶上，早又蒙上許多新鮮的血跡；這一提，他的年青的相貌就又在我的眼前出現，像活着一樣，熱天穿着大棉袍，滿臉油汗，笑笑的對我說道：「這是第三回了。自己出來的。前兩回都是哥哥保出來，他一保就要干涉我，這回我不去通知他了。……」——我前一回的文章上卻是錯的，這哥哥才是徐培根，航空署長，終於和他成了殊途同歸的兄弟；他叫徐白，較

普通的筆名是殷夫。

一個人如果還有友情，那麼，收存亡友的遺文真如捏着一團火，常要覺得寢食不安，給它企圖流布的。這心情我很了然，也知道有做序文之類的義務。我所惆悵的是我簡直不懂詩，也沒有詩人的朋友，偶爾一有，也終至於鬧開，不過和白莽沒有鬧，也許是他死得太快了罷。現在，對於他的詩，我一句也不說——因為我不能。

這《孩兒塔》的出世並非要和現在一般的詩人爭一日之長，是有別一種意義在。這是東方的微光，是林中的響箭，是冬末的萌芽，是進軍的第一步，是對於前驅者的愛的大纛，也是對於摧殘者的憎的豐碑。一切所謂圓熟簡練，靜穆幽遠之作，都無須來作比方，因為這詩屬於別一世界。

那一世界裏有許多許多人，白莽也是他們的亡友。單是這一點，我想，就足夠保證這本集子的存在了，又何需我的序文之類。

一九三六年三月十一夜，魯迅記於上海之且介亭。

柔石

诗剧（四幕剧本）

高二八四毫米、宽一六二毫米

国家图书馆藏

[redacted]

1925—

P.1

第一幕

四周的聲音

時夜深。病者僵臥床上。房中慘淡淒涼，灯光烏暗。陳列二三書架，滿堆旧書。此外則残破之石膏雕刻，老旧之小提琴，各樣油畫。

可怕的声音，

是黑暗底咆哮？

還是夜底呻吟？

東方有沉舟的呼喊。

底的風，

入我冰冷的肌骨。

[redacted]

南边有残酷的人底叹息，
音韵的冬夜的月色底凄凉，
盖着群山的世界底寒寂。
西边有新孀的寡妇的哀泣，
止不住地悲哀的波涛底汹涌，
流向内心地底饮噎而呜咽。
北边有尖厉的悽楚的悲笳，

P.9

引着那砍柴的老伯的少女，
向翱翔底巅巅中战栗。
洪洪的，幽幽的，一层回风宛舞的嘈声，
如鸣雷流转于万峰簇拥的云端，
如荡涧宛转于潺湲里。
如暴风雨之下的破屋中的婴儿底號哭，
如老母亲之在荒野中，对着她新底战死的儿子悲啼，
困迫与失望，正成了空谷间一阵阵的回音。

~~唉，我聽見了胡边這處的悲歎，~~

~~化作三春蓮蹁的蝴蝶，~~

~~張飲着白雪的到了林中。~~

~~我聽見了一縷重重的哀怨曲，~~

~~經由淒涼的秋天的荒丘。~~

~~飄舞地在風雲中遠逝，~~

声音呀，你從何處來的悲哀，

P.3

你将往何处送着苦痛呀？
人类底向手的喃喃私语。
我身如穿着了红色的囚衣，
戴了不平的纷结的珠冠，
浪一般地被苦痛的追逐。
声音呀，这是谁在低吟？
又是谁在高嘶？
一片人生怨恨的苦气！

歌那麽〻唱那麽〻

一声〻震動我心坎而怦悸！

醋董〻味般地衝了我胸頭。

唉，我早成了三冬凋残的老樹，

經不住悲號的北風的鞭韃，

声音呀，你將給我如何化蛻？

青翠的枝葉黄凋了，

P.4

紅香的花蕾殘落了，
生命之火与光的暗萎。

唉，我又聽到了山魈的長嘯，
水妖的瀝瀝的狺吠，
屋外無數的風雨的群伍。

環繞屋之四周而跳舞，
淋漓着滿身之血与火，
我已是一個束身的俘虜。

我戰慄，我恐怖，

兒童時的寶劍那裡去了？

來，給我任性舞一舞！

銀光冲牛斗，

鋒摩亂虹蜺，

來，給我舞一舞？

我將還能奮勇？

P.5

一對枯~~瘦~~乾的空拳，
一個灰冷的鉛心！
我怕，不能了，
~~是我~~怕，不能了！
最後之厚的臨近。
毀滅的時間到了，
我眼前怎樣被網着綠色的光幕？
地獄之夜的光幕呀！

幕外是荒涼的墓地，
一坯坯的黄色的孤墳，
如海浪般的起伏。
我將睡在何處？
荒山之角的古洞中，
嗚嗚冷氣的溜進坏捲裡。
上是大氣中下墜的雲塊，

P.6

下界地心紧怯地呼吸，
心爱的琴弦断了。
等待着死神的邀请，
地獄已展開朱色的大門了；
我得邁步向遙遙。
火阱火坑的害々，
鐵枷鐵梏的奴隸們，
惡的形態的寒心。

猙猙獰獰的聲音，

像層層密布的雨雲，

將奔來到我的赤裸的周身。

惡毒的消息傳到我心，

可怕的幻影幕幕現隱，

看，天上將隕的星！

妹妹的纖弱的白手，

P.7

请快過往林的寒鸦，

一切都要做了無声之琴。

寂深了，夜之呻吟，

黑暗的咆哮，

在綠的灯光的悲鳴！

一年少姑娘登場。白衣白色秋衣便服，手执牛乳一杯，眉宇哀愁，兩目現苦笑的光。

房外是秋夜声色的倥偬，
房内是哥哥病中的呓语，
宇宙间一的悽切的悲歌呀！

白云斜阳下山以后，
淡烟缭绕着我的屋脊，
暗影就随着夜幕重重垂下。

我就如在春雨的泞泥里，
行一步，跌一脚，

P.8

現在是到了哥々的房内。

牛乳放在哥々的唇边，
这是哥々的呼唤，
还是错听做酒精灯上的沸煎？

我好似在灯花燦爛的廳中盤桓，
現在却被你叫回，
我真是迷的一位遊仙。

青年静卧不動，嘆息。

從今為始，我决拒謝了夜半牛乳的賞賜，

妹妹，這於我实在無能為力，

不過換了来你疲倦的摟至！

你是怎樣好看的小鳥，

而今美丽是被我吸收了，

由我痛手，來迎住個頭顱。

傷悼過去不為惜，

P.9

悲哀本来不為辭，
我將怎樣的痛心呀，你！

可怕些戰慄，
奔渡着你的殷誠，
從日出到夜深。

妹妹呀，我現在只想你美麗的靈魂，
以一枝茂絲的長青之藤，
我以死後的肌体滋補你長上青天而青青。

你為什么嗚咽？
你快給我你的手，
裙已怎樣的濕了？

晨雞已忘記牠的司守，
銀河悄地到西方的屋上，
更鼓也倦得睡去了。

妹妹，快給我你的手，

P.10

從你手裡回憶到我亡的母親，

找到早年消失的溫存！

我彷彿看見一位慈靄青布衣的婦人，

微笑著摩著我的頭頂，

還將牽你同到前面陽光滿地的園庭。

但我已是一個孤立在岩崖上，

一手扶著青松的衰弱的老人，

永久之神德什么是我的归依？

小姑娘手作合十形，默祷。

上下四方诸神的佑护，

赐我的哥哥以宁静的心，

回復我的哥哥以康健的生命！

三位青年学生登场，態度皆灑脱，面貌英俊。

青年丙

迎面吹来寒寒慄的星光既不嗟的微風。

P.11

青年仲
似謂于人類，天外上有一無極樂的世界。

青年季
人間呀，不過是黑暗，賣力着前途的無窮的力！

青年孟
喘着一口氣是不能算作活着的麼？

青年仲

努力地進行卻是失了方向。

青年季

恍佛自己也不知飄流到何處了。

青年孟

像水上的落花瓣。

青年仲

蕩漾的西寧寒。

P.12.

青年季

笑与泪的景色。

大姑娘

哥哥你会来吗？

星光照着你们的前路，

夜风送着你们的身体呢？

哥哥正怕着窗外的秋声，

我也怕着惨痛的幻影，
终是怎样的不幸！

病者高声嘶喊

聽々外边是什么声音？

聽々外边是什么声音々

针尖细雨中的喪鳥飞々飞到頭上了々

聽々外边是什么声音？

聽！外边是什么声音々

P.13

落日在黄昏时的枭鸟々怒目號叫在屋角了！

聽，外边是什么声音？

聽，外边是什么声音！

一群々白脸长脚的小鬼正在欢迎。

聽，外边是什么声音？

聽，外边是什么声音！

無數的恶犬奸狐正利齒摇尾地狂呜。

鼓着羽翼有如雷霆，
阵阵的粪腥，
冲进我的鼻，冲进我的心！

牲牲，愿你的手掩着我的两耳紧紧，
我已被膳在空中悬吊，
恶的叫，毒的鸣鸣，

青年季
一切如死地沉静，

R.14

除了窗外绿色灯光的掩映，

社樟映中飞着二三隻乍明乍灭的秋萤。

青年仲

如此一般的夜色的流泻，

漂着也是冷露的三月的荷花，

还有什么敢高声而嘘嗟？

青年孟

究有也不过几缕芭蕉的萧疏，

最多是幾隻墙角寒虫的啾啾，
還是在遼遠的隱約中。

小姑娘

願哥哥的心如止水一樣的平静，
高跳的脈搏回復了安寧，
全身的血正在沸騰！
用我的臉兒偎着你的臉，
用我的唇兒吻着你的唇，

P.15

哥哥，你是一個英雄！

你為聽不到什么了，

再用手兒摘住你的耳，

十指已變作了桃符。

病者高高声狂叫。

聽！外边是什么声音？

聽！外边是什么声音！

青面獠牙的鬼王正蹲在東山上一声。

聽，外边是什么声音？

聽！外边是什么声音！

無救無救的魔鬼踩着牠狂笑猙獰！

聽，外边是什么声音？

聽，外边是什么声音！

人間一切的號叫都回相迎。

聽，外边是什么声音？

P.16

聽，外边是什么声音！

山谷水湾一齐響了出悲哀可怕的盈盈。

雄壮美丽的河山，

将要成血肉糜烂的濠溝。

難闻的人臭的屠場！

東边，西边，南边，北边，

一片魔鬼的世界，

萬恶所管轄的領土！

牠們的眼中放出火，
血般延燒的烈火，
將要燒到我的屋！
牠們的口中吐出水，
膿般汪溢的洪水，
將要浮去我的身！
妹妹，請你緊緊抱住我，

P.17

我也緊緊捲住你，
牠們的眼角迸射着綠色的毒氣！

朋友們，互相摩擦罷！
燃着你們自己，也救出了我，
從魔鬼厲牙咀嚼的口中。

天地全然昏暗了，
太陽已沒有紅熱的光，
星月也消声匿跡了。

似你是怎地绵延着？

头上的崩腾的黑云，

身前的凛冽的浓雾。

狂风怒挟着沙石在飞走，

城将崩了，

河水将逆流了！

妹妹，我们将从地心下陷，

P.18

沉到不可捉摸的深淵，

葬在那边的無底的墓中了！

餘音悲切，刑場寂靜若鐘。

青年季

將形他竟似可怕的馬面牛頭。

青年仲

病弱的心好似蘆花柳絮。

青年孟

黑暗之風吹浪打着他。

姑娘

漫漫長夜，不知何時是黎明？

曉光照着朱色的窗戶，

晨風拂動着戶上幃幔的時候。

不過哥哥是一個英雄，

附

病中想像的無名的人，
有無邊的莫測的神通。

似你手中有寶光四射的長劍，
頭上有銀色輝煌的盔，
周身披着鐵甲。

白馬拴於門前的柳樹上，
長嘶着怒目執鞭的馬夫，
這正是勇往前征的時候！

現在卻是大哭你的嬰兒，
他的氣息喘的微弱，
周身浹着冷汗的浸濕！

難於挨延的時候是怎樣的時候？
難於認識的己身是最悲哀的己身！
祐呀，你還未哭罷！

青年孟

P.20

愁苦鬱結着如百般的亂絲。

青年仲

錯亂了傷害生命的主旨。

青年季

憤滿的思潮將吞他而去了。

青年孟

異常的虛生將在此常中隱現。

青年仲

恐是一個不可逃避的今存的危險。

青年季

我也不能爬上帝來鎮坐在他的身边。

青年孟

眼球兒湧上醞味的红色的朦，

淚珠兒滴到襟上如春雨的綿連，

P.21

小妹々豐々满柔的两頰也一天々地清瘦。

青年仲

唯一的可敬可爱的人兒，

正是可悲可嘆的善与孤独。

真理的不矛盾不在今後相信了！

青年季

後似廣漠無岸的珀石海，

悲痛更翻起々黑沉々的蒼波。

漂浮着酸的苦和毒。

真万刹於我们的時日呀，

在苦寂的難受中，

將難消磨那幽泣的心声。

時而有了狂声呼喊

聽，那来勃的声音！

萬魔蔽遮了人類的眼睛，

人類正拚命地の霉竄奔。

P.22

聽，那末劫的声音！
湖海洪起了烟雲的蒸騰，
浩氣也崩墳了山岳的峯頂。
聽，那末劫的声音！
雲中洒霄下冰雹的石塊，
屋上飞焚上萬丈的火星。
聽，那末劫的声音！

萬物變成了混沌，
地球籠罩着黄昏。
耕者依在鋤柄上低泣，
工人寂立在鐵機器前呻吟，
母親也無心給乳她的嬰兒。
死亡佈着大地處處，
代替那三春的陽和，
將像那三春的朔風。
代替那朔風的尖厲。

P.23

我還你患手睡着不起？

我還你患手病着不起？

我將以姝姝的忠言去戰死！

留下我的手鏡，

除了我的炸彈，

前面就是荒涼的戰場。

那邊沒有雞鳴，

那邊沒有太陽，
那邊只有最後的戰，戰！

戰，戰，爲人類的安全，
粉骨也須，
碎身也須。

錦繡的山河，
還我錦繡的国！
走，我們去戰！

P.24

病者狂奔至台前，高举两手。小姑娘悲哀跌地，孟仲季三友不見。時舞台之周圍有万人嘻笑之声，大地摇々欲震。

（一幕完）

P.25

第二幕 追求与幻现

春天的曠野，花草青染。遠遠處有岡巒松柏。

病者癡癲地登場，口唱招愛之歌。

正萬物的得時，

含笑歛影以的佳季，

陶醉而呻吟的春詩。

天如綠兆的揚波，

地如翡翠的堆砌，

陽光似黄玉的聯珠。

牡丹呀，将笑你红色的笑窝，

芍药呀，摇着你白柔的两臂，

芋草们，一齐穿戴起青翠的舞衣。

正人间的开颜，

欢乐鼓着五彩的小翅，

到处无影无形地盘旋。

但幸福的粮粮呀，

P.26

何处是你的贵乡？
孤苦的人所寻求的方向！

我盲目地走到东，西，
山是绵延而起伏，
水是娩曲而悠悠。

到处是地天相接的尽头！
虽满眼披挂着锦绣，
凄凉之於我仍如大海中的孤舟。

幸福的姑娘呀，
粉白的小蝶子作马，
你骑着来罷！

幸福的姑娘呀，
翡翠的小鳥形如輿，
你乘着来罷！

朝雲如傘蓋，

P.27

落霞似龍舟，
幸福的姑娘。

東風的鈴鈴似音樂，
白雲的飛飛如旌旗，
幸福的姑娘呀！

護着你，
送着你，
繚繞着一切的芬芳。

欢迎你有忠实的心，
陪伴你有自洁的身，
何处是你踪遗留之影？

幸福的姑娘呀，
你低叹吗？
你掩泣吗？

你为何蹙着眉儿啊？

P28

你不爱什么呢？
你不满什么呢？

幸福的姑娘呀，
你笑着來罷，
你舞着来罷。

秋月皎孳的笑，
冬雪嬝娜的舞，
你吻着人间来罷！

自從你來了以後，
陽光會有分外的艷麗與清明，
世界就會從醉後的狂亂中醒回來了。

終日的纏繞與糾紛，
立即會恢復和平的休息，
人類也個個的安樂的享了。
自從你來了以後，

P.29

巨礮的射擊会要成煙火，
劈拍的鎗声会要成爆竹。
举起破壞的手会成建設，
搗亂的口號就是成功的頌詞，
一切會因生而起死！
玩鬆的海濱則在上，
將築起萬丈的觀潮塔，
孩子們如穿鳶般上下。

松柏蒼蔥的山邊，
有龐大的消夏的別墅，
年老者個個訴講他的真理。

如何裝置地球的美麗，
是那時一個不能解決的問題
織金為錦想人類要作地球的大衣。
鋪滿地面都是麗綠，

P.30

張滿天上都是艷輝，
空中時現幻變些離奇。

鋼琴流水般的響声，
歌曲春鶯般的腔調，
遍耶斜陽落日時的村堡。

明月中天的湖畔，
東風輕忽的夏夜，
落滿青草地上的少年少女們之舞影。

只有搖籃中的嬰兒有笑意，
藝術未完成時的青年有愁形，
此外一片是笑影的愉忻。

但幸福的姑娘呀，
你實是你所留之影子
一顆遼遠難望的明星！

天穹影子[illegible]漾，

P31

地總了角，
你來不來了罷？
山已再也沒有巔了，
水也再也沒有邊了，
總不見你的形容。

幸福的姑娘呀，
你為什么躲避如轉蓬？
人類個個是奴隸的音聲！

唉，我有些知道了，
只看花鳥是有春，
只看霜露是有冬，

人間永遠是陸離，
理想永遠是虛空！
我究將何去何從？

森林中尋不到美的影踪，

P.32

墓頭上招搖着欺人的標幟，

世界呀聽些我而長遺！

我彷彿覺得周身有一種顫冷，

如此清麗的田園，

竟充塞着殺人的瘴氣。

希望再也不回來了！

人類是一切死屍的奴隸，

主宰之權操諸于魔鬼之手！

唉，魔鬼，请显你的音容，
生命由你操纵，
世界由你操纵。

一片昏朦！
那理想的英雄，
将翱翔于天空。

穿破黑暗三层幕而翱翔天空，

P.36

吐氣如瑤宇的長虹，
撞臂如回日的六龍。

人類之敵人呀快來作戰，
我將驅你們到山窮水盡，
看我萬丈光芒如彗星的刀鋒。

時魔王出現，身軀巨大，頭角猙獰。厲聲而叫，
誰在背叛？
誰在謀反？

我是時代的管轄者。

青痴者緊掩其目

一個真，

一個美，

一個理想的英雄！

魔王

閉口：

封鎖你的喉嚨。

P.34

看誰有權力！

病者

我是神農之子，
我是伏羲之孫，
我是黃帝的苗裔。

你滾！

上帝的愛蟲，
蚩尤的野種！

魔王

咀咀你的頭，

嚼嚼你的身，

看誰有权力！

病者

我有沸的血，

我有赤的心，

我有精忠的靈魂！

P.35

魔王

住口！

小子，你微弱的人！

你不怕粉碎了骨和身。

廚中的肉，

掌握中的奴隸，

跪着你降服的頭罷！

病者

我的头上是青天，

我的脚下是土地，

恶影，你看手镜！

病者用手镜对准了魔鬼，向他示威。

魔王

孩子这样好强，

我要看你斤两，

时代反抗的忠良。

P36

黑暗之眾神，

從萬惡之國，

一齊飛來！

魔王不見，隨以無數小魔，環立病者。嘯，嗅，唉，作咒。

病者昏沉

唉！滿眼都是惡形醜狀，

我無處可避兩只視線，

耳聽得牠們的嘈雜的高聲。

恶魔

希望可以完了，
努力可以止了，
幸福永不再来了。

什么是真理，
什么是快乐，
只有你可憐的青年！

P.37

瘋瘋

狂狂

癲癲

病者

假使理想是永不磨滅，

惡魔們早該滅絕、

善良之神早該來臨！

眾魔

皆叛！

謀反！

作亂！

病者

任她們怎樣的詛咒，

不能消滅我革命的一分勇志，

我只有向前克破她們的陣勢。

降服呢，這是說不到的事實，

P.38

還有我天賦的職志，
火不能焚也不能滅。

眾魔痛哭。嗘！噯！唉！一魔
快拿去我的虛偽。

魔之二
快拿去我的欺詐。

魔之三

快拿去我的諂媚。

魔之四

快拿去我的壓迫。

魔之五

快拿去我的詭譎。

魔之六

快拿去我的誑詐。

P39

魔之七

還了我你善的理想。

魔之八

還了我你美的希望。

魔之九

還了我你真的探求。

魔之十

服从黑暗的命令。

魔之十一

放弛野蛮的举动。

魔之十二

抛了良心做人！

魔之十三

P.40

盲目！

魔二十四

獸性！

魔二十五

做一個~~[illegible]~~奴才。

病者悲傷

寧讓青天活暗，

莫讓大地昏隱，

暴君不能凌辱。

曠野遍聞血腥，

人間已沒有一片清凈，

我將怎樣地奮興？

病著了對準千手鏡，眾魔吶喊

敵人！

敵人！

P41

敌人！

消灭！

消影！

消形！

病者苦痛的呻吟

我们自体将不能支立了！

皮层一寸寸地在破裂，

筋肉一块块地在剖割。

将似裸体地眠在冰山之上，
又似被落在油锅之旁，
高高地悬在绞形台的中央！

血也将凝结，
力也将消灭，
气也将息绝。

尖刀刻进我的胸膛，

P.42

利彈穿了我的額角，
火周身在焚着！

纖維絲絲地震顫，
細胞粒粒地盤桓，
神經支支地茫向空際。

耳內已沒有旋律的妙音，
眼內已沒有秀麗的倩影，
只有灰色的光，只有冷色的景。

宰割！

一任牠们的恶性，

牠是祭礼台上的牺牲！

众魔踊跃，病者化成一副骷骨。众魔呐喊

他的筋肉芬芳！

他的血液清醇！

他的脑髓甘美！

P.43

我们从他的身上挹取瓊瑤，
我们从他的身上啖取滋肥，
我们从他的身上榨取一切的膏脂。

雄心已死，壮志也死，
一切倔强完了，
問你能否再開嘴？

留着骷髅，
賸着冷骨，

餘着残骸。

任我们搬弄，
任我们玩赏，
任我们拿取！

美哉胜利！
最后的证明，
权力的所在！

P.44

眾魔不見，前魔王子登場。

我是勢力之王國，

我是萬目所瞻仰，

永遠的敵人，

生命的主宰者。

我將養我這個俘擄，

用枯腐的糞土作筋肉，

用溝瀆的污水作血液。

負！

病：

夭死！

過恐怖的黑夜，

過煩惱的白晝，

過悲哀的一生！

病者復活，魔王不見。

（三幕完）

P45

第三幕　銀灰色的終結

在一湖畔，湖水清碧；秋山蜿蜒環抱。殘柳一行，間立幾紅的楓樹。

空氣陰澹，時將落日。

二樵一登場。甲樵

秋色已染黑了紫金冠般的楓葉，

秋意也萎蔫了枝頭金黃的楊柳，

白帝的印綬將到了交卸的時節。

樵乙

我們怎樣會鬢須鬓斑白了？

一年一度的秋霜的飘零，
一年一度的秋剑的威息。

樵甲
秋风从马的嘶鸣中掠过了，
生命之温柔跟着消散，
夜色的金龙墳墓般笼着人间。

樵乙
终日不曲笑脸的秋云，

P.46

終日不展愁眉的湖水，

為得是低頭沉思的落葉。

你們也怨春色不長留？

你們也怨夏景不常住？

過去就是悲哀罷？

樵甲

但我有個肥胖雪白的少女，

終日纏着她年老的娘，

她们不知什么是愁苦；

笑声之外是無所謂世界，

個的眼的前就是上帝，

個的眼懷中就是黃金。

還相約，一個到了八十歲的衰老，

個正當髫齡，

再給她漫遊人間以扶行。

P.47

推乙

這都是作業的不可思議的神，
搬弄着真實生命的美与真，
我們当德而却在自然逝去的旋轉裡。

推甲

恐怕你也不曾見到，
我倒想起了一個奇怪，
這裡奔走着個形象推擠的青年。

頭髮蓬亂地披散在兩肩，
眼珠奕奕地而動於憔悴的顏面裡，
口中是不住地呢喃而呻吟。

樵乙
瘋子罷？
樵甲
說不定。

P.48

推乙

可憐現在孩子正多，

而且個個年輕，

聽說都是不要生命。

推甲

或者他也逃不出這個勢力範圍。

推乙

你可從他的舉動觀察他的感情罷？

樵甲

山也會對他講理，
水也會對他談愛，
在他一切都是有情。

有時仰首向白雲，
望她縹縹緲緲走過的來路，
聽取她的去路，
喚回他自己失了拯救的前程！

P.49

榆葉插偏着他前襟，
這是戰場敗敵的動名，
人間不朽的寶星。

殘椰花園般圍着腰身，
一件青衣長過了他的腳跟，
他很似自投汨羅的屈靈均。

有時向那岩崖追尋，
墓隙中有他家鄉的屋影，

但见人们笑容相迎。

樵乙
黄蜂（天鹅）怎样会如此恐怖？

樵甲
是，正像毒蛇猛兽当着前路！

樵乙
金鉴呀，总是你太厉害了的缘故！

P.50

樵甲

聽，什么地方来的悲声，

直是想像不到的不幸，

崩山呀，現了你的艱辛。

時陽山間病者的独語

嗟，天呀，

我的父！

你為什么生我？

唉地呀，
我的母！
你為甚養我？

日月已不行，
山川已陸沉，
萬物昏昏而隱隱！

最後之時已來臨，

P.51

無边的快樂，
無边的欢欣！
一個病残者的餘生，
已矣哉，
刹那间的完成！
我从何处来，
还將何处去，
湖山呀，我將与你永存！

廣漠大地的懷抱，
消退長天的悲音，
人間世上几分樂意罷！

過去躲隱到荒迷，
未來急迫到眉睫，
休息將與我攜抱！

樵甲

R52

伊听他的悲伤的声音，

山岩都曾为他崩溃了，

湖水都为他泛滥了。

春夜的鹤唳，似么？

秋晨的雁鸣，似么？

我的琪珠也要停流下了。

椎一

还有什么方法？

再也不能挽救！
替死都無用了。

雛甲
金也為他酸瘦了，
草也為他枯死了，
他和霜露同夜。

小姑娘登場，青年孟仲尾其後。

小姑娘

P.53

哥哥，你在那裡？

山之峭？

水之湄？

就是山峭水湄處，

山神水神也在保護你，

依我吻你有病的身体。

你的影搖擺在我眼前，

你的聲悠揚在我背後，

哥哥，你在那裡？

青年孟

悲傷追逐着我們的影子，
淚是向眼瞼流罷？
還是向心的深處去呢？

青年仲

時日阻擱住我們的身前，
要我們向那荒辣綠綠的從徑上，

P.54

令那舌頭與辣味的飲宴。

三人下場。樵甲

姑娘的臉兒和沒有纖雲的天一樣青。

樵乙

誰的清秀的兩頰都堆滿淚痕。

樵甲

煩惱如佛光的普照著他們的額上。

樵乙

青年的問題真是一個不可解的謎。

病者的呼声

天呀，願你放一眼的紅光！

地呀，願你開一些的微笑！

孩子將跳進你們的懷裡來了！

水上有~~[illegible]~~仙花，

P.55

娉娉而停停，

歸去呼歸去！

山中有靈獸，

駝駝而馳馳，

歸去呼歸去！

我還何所有？

我還何所求？

湖山与我長留！

樵一乙

是落日以後的悵懷？

還是夜色正吞吐他的靄氣？

預兆的種子正在恍漾。

樵一甲

辛辣的微笑正在震蕩，

寒寂的雨意也聲聲飄揚，

笑和雨將一齊彈在東山之上。

P.56

樵乙

酸楚已跳到我的鼻梁。

樵甲

心也顛倒而慌忙。

青年季登場。神色懊傷。

我的肩膀為什么不長上兩翼了，

乘着旋風而飛上高山，

離開塵世的囂擾的紛紛。

我的兩腋為什么不長上兩鰭？

衝下碧沉沉的水底，

做個無羈絆的游泳。

空氣是怎樣沉重！

冷汗流浹著我的周身，

我一步也不能向前衝。

P.57

慈慈地在迷路之間盤旋，
時代的悲的象徵呀，
不盡的流血的日子。

叫我向何處去？
現在倒不是個黄昏，
將像月落以後的清晨。

更似時間停止了運行，
空間也冰一般地凝凍，

什么也像無始与無终。

苦痛：

圍住了四周水洩不通，

我將似过着無尽期的年。

由橋的這端跑过到那端，

踏遍了湖山所有的空隙，

终不見他半邊的踪跡。

P.58

看看椎一，低笑。

你们是不也有苦痛？

低徊得有些些懺悔，

上帝的意旨不當服從。

青年季下場。椎甲

咀嚼着悲哀的橄欖準會忘記了悲哀。

椎乙

苦痛的微笑的低徊，纔是深的苦痛罷？

推甲

什么都顯示着奇蹟，

太陽也蹲在雲外嗚咽，

揉着眼不能回到他的故鄉休息。

推乙

夜也僵僵地呆立，

似恐怖着不曾將灰色的種子，

一層層擋的嚴密。

P.59

椎甲
遥远的激昂的悲泣！

椎乙
生命的严重的战慄。

病者的声音
天国门已开，
涅槃在眼前！

只在剎那間。

芬芳呀，空中的大氣！

燦爛呀，人間的花草！

美妙呀，天宮的音樂！

我將輕輕地被擁着前去，

好像一位幸福的王子，

一切就在勇敢裡終結了！

P.60

隱約的声浪。

樵甲

毀滅已卸着他頭去了！

樵乙

破碎的声音还在摇他最后的尾。

樵甲

青年的时代真如勇騎前線的衝鋒。

椎乙

廿廿的氣彈會[redacted]吞蝕了全部的所有。

椎甲

也不該太悲傷的驕傲呀！

永有痕跡的痛苦與長嘆，

不過置他個自由罷！

椎乙

誰不侮蔑他們的神聖？

P.61

他们总是依着理想之路进行。

不像我们已住惯了寻常之屋。

推甲

我们已眼看一切都是平平，

从生到死的全部的过程，

奇与鲜艳的周遭。

推乙

声音，真像喷泉般的喷腾，

壹段。青年孟

愿上帝微笑地握着他的手。

壹段青年仲

天也将砍破了雅罗的容積！

青年季

用我的痍来洗净他的辱骨罷！

P.62

樵甲

我想向家鄉去的一條路跑了！

一字一句的灰色中的傷心、

腳边下的泥土滲透过我的淚了！

樵乙

那死之原边的無限的寂寞，

夜和悲傷也驟然地跑上前面高塔的尖頂，

我們避不了地向那去一遭。

椎一甲

用什么作哀吊的贈（礼物）品？

椎乙

那樹上的紅葉和（真）樸的心。

遠處有悲泣声。二椎退場。

（三幕完）

P.63

二弟の首布　奠祭以後

曠野新墳，墳上蔓草淒淒，前陳設奠祭。

時青年孟仲二人，孟手執素烛一支。

在二十世紀的墳前盤桓，

我悵惘失了一切的感情与智慧，

身体變做鋼与鐵的一付機器了！

青年仲

好像是立在地獄之門前似人，

耳边是吹过戚戚的恐怖，

心似石一塊地塞在胸中。

青年孟

悲憤之神的毛手飛帶去了灰色的孔！

悲傷却攖攖地孵化出紅色的狂濤，

死與狂所組織的目前的世界。

青年仲

梟聲不住地囀着在我們的屋角，

彗星却拖着長尾出現在東方。

不祥的聲音是汹汹地逼迫到我們的頭頂。

P.64

青年盍

除出用自己的手挖出麻醉的心来，
曝在严冬凛冽之夜的冻冰上，
再也没有揉揉如蝉蜕般的蜕化的方法了。

青年仲

有时将像置（旅行）在大戈壁的沙漠中；
翻卷起了千里无垠的黄沙，
黄河吞蚀了我飘荡于漠漠的空际。

有時好像閃閃於北冰洋外的雪山上，
極目的寒威熔鮮耐，
耐得緩緩地分化做白色的寒素。

除了幾分從顫動的心的溫暖外，
淚也凝凍了，
血也冰冷了！

青年孟

R65

我不能使人的淚眼中發出笑声，
我也不能勉動自己將感情看作僵硬的死物。
我只有盲目的遲鈍的蠕動！
希望和白色的冥紙同時焚化，
期待也如喪筵上的殘羹而收拾了，
未來的印像被送進棺裡而埋葬了。
我將像枝頭腐爛的果子，
只等待微風的吹落，

藏着新生的種子在土底之下。

青年仲

現在我们已獻过了四季秋色的花，
酒也灑过了之春黄乾草的须根之上，
只落之地看着自然的無歎就是了。

青年季登場。手執薔薇一束。

一切皆不可逆料的進行中过去了之
最後之東是留着微笑的安詢与甜蜜。

P.66

我的朋友將与天地俱而長在。

最澈底的祈望，
最偉大的期待，
誰的最終的賬的結束。

我將傾倒於你的懷中！
春雨也流不到你的肉了，
秋風也吹不到你的心了！

薔薇插於墓邊。小姑娘在唱悲歌。

小草為何黄黄的萎？

青山變了憔悴的面色，

莫非也為我的哥哥死了？

小溪為何緩流？

綠水變了清瘦的容儀，

莫非也為我的哥哥死了？

蕭蕭的無邊的秋林的落葉，

P.67

濛濛的綿密的荒野的烟塵，
都為我的哥哥死了！

暖暖的遠來的寰市的歌声，
沉沉的隱約的村堡的詩意，
都為我的哥哥死了！

從此白晝將没有紅艷的太陽，
從此黄昏將没有清秀的明月，
一切都被我的哥哥帶去了。

小鳥的聲音丟在梢頭，
花的香味埋在葉底，
一切的都被秋的哥哥带去了。

哥哥，你是甜蜜地去了的罷？
你也無須想念了，
你再也不回頭了！

你有你自己的春和秋，

P.68

也有你自己的畫和夜，
一切靜靜地環着你。

你的花是永不消退地芬芳，
圖畫永遠是彩虹般的顏色，
琴絃也不斷地在無限的顫動中。

廣大的極樂的國土，
和平之神終日鼓着他的翅膀，
無声的笑是到處顯現着。

哥々，你是找到了你自己的發現，

你是尋覓着無價的珍寶，

解決了你自己所要解決的。

但賸餘着未流完的淚水，

黑雲中的一顆諸明的星星，

痼弱的小女子，

將怎樣完結她的最終呀！

青年李

P.69

事实的一面讓人知道，

還留給一面給人思索罷？

美的屠生將似还有一年。

終止是到了不可知的境地，

觀望是流動着絕無盡期，

我戰場上的一人僅急了。

但还是自己不自己知道！

什么只叫我去思索着，

奴隸般的石頭反抗雲做。

青年中

我好似自己由正穿过[着]一個山洞，

周身的空氣是怎樣黑暗而緊迫[沉重]，

但還[繼還]是不停留的向前走。

山外還是一片平蕪的荒地，

引着的光也微乎其微，

但平凡之處總從為變化着新奇。

R.70

青中孟

腐烂的蘋果也真是蘋果么？

脱落了瓣的花还是一朵花么？

谁能使不惧对他眼前的糟粕呢？

虽则为了不达幸福之门而死的死了！

还有预献身给真理的永远被囚禁着！

但有谁能坐视美人之在恶凶的手中而不嗟怨呢？

青年季

宿命的延長是一個無限的延長：
好像走着那黑夜中的漫漫野路一樣，
正不知何處是可到的家鄉！

青年仲

再也不願，提起灯光来照一照自己的影子，
恐怕只有一副醜的骷髏的樣子落在地上，
还有恶魔般的黑影躲在身边。

P.71

青年画

墙头点头的小草，
莫非还是我好友不安的灵魂？
不，劝告我们再勿彷徨罢？

台後又是小姑娘的声音
漫天的愁云何时雨？
满地的愁草何时晴？
我现在我将到那〻天国的门了？

金冠的晨雞努力啼，
綠衣的小鳥唧唧叫，
晨与陽春將近了！

青年孟

睡神，請問你是死的兄弟嗎？
願你來到我的身邊伴着我，
用你的兩翼來遮掩了我的眼睛。

青年仲

P.72

現在我的肉身是空空虛了，

將像無邊的冷靜的金石，

聲色都裹藏起從前的自己來。

青年季

一切眠睡而皆冥，

我將牽着夢的手，

溫柔而甜蜜地眠倒了。

三人仰臥在墻邊草坦上，心旅意浮。二稚登場，形似過客。

樵甲　這是一個新死的人。

樵乙　在我好似很久遠了！

樵甲　太荒唐，天還沒有在他死後哭過一回的雨呢。

樵乙

P.73

就是星光也不晒黃了他墳前的綠草了罷。。

樵甲

也有人會感到过去了就沒有這一回事、

也有人會忘不了一天是似一年的。

秋蠶春雨的輪值真很像有些意思了、

樵乙

就這樣地过去罷！

喜欢孩子長大的母親，

有时也曾对镜私怨自己的紅顔消逝的。

樵甲

生命真似一顆騙人的果子，

看看很是美麗，

哈哈實在無味！

樵乙

生命本是一齣兒戲！

說真了沒有意思，

P.74

不过真又没有甚滋味。

樵甲

他们眠在人事的床上的人，
认为他的死与秋天，
人间唯一悲伤的事。

樵乙

祝他们永远地静静地睡，
到天也没有了，地也没有了，

我们还是有不可不走的前路。

二姊下场。一切明亮。

（四幕完）

一九二五年秋至冬初

作於北京孟家大院

殷夫（白莽）

孩儿塔（诗集）

高二四九毫米、宽一六二毫米

国家图书馆藏

白莽著

「孩儿塔」上剥蚀的题记，

我的生命，和许多这时代中的智识者一样，是一个矛盾和交战的过程，啼，笑，悲，叹，兴奋，幻灭，……一串正负的情感，划成我生命的曲线；这曲线在我诗歌中，显得十分明显。

这里所收的，都是我阴面的果实。

现在时代需要我更向前，更健全，于是，我想把这些病弱的骸骨送进「孩儿塔」去。白

為孩兒塔是我故鄉義塚地中專給人拋擲死兒的所在。我不想說方向轉換，我早知光明的去路了，所以，我的只是埋葬病骨，只有這末，許或會加我勇氣。

鼓勵我出版的林林，給我致費心血登揀審的白波，我想都並不能鑑賞我的詩，只也是可憐我，同時又鼓勇我而已。那樣，我還當謝謝他和她。

已經是激蕩中的一九三〇了。

十行 二十字詰

3

幻象

秋風中，我依窗向月凝望，
月啊，孤淒地注射銀光，
消隱了，玉兔和金桂香，
青空中，浮動着
我的幻象，永久的幻象。

輕如煙兒般輕飄，
如萍片樣無邊地蕩漾，
讓春也死，秋也逝，

4

天堂，地獄，私淨修場，
都我無記憶的心的家鄉。

只是幻象啊，

你推，压，刺，搾把我心腸，
你無情地燃起火的光，
你又不眠地看我踏破祖的界洋岸，
看那月，輝着冰樣，雪樣，淚樣……

一九二九。

十行 二十字詰

4

天，给我们实现的歌吧

5

夜的静……

天的星環，水池的月光，
暗風中傳布着野草十野花香，
但我的世界喲，
無垠的悲傷，一片荒場。

天，給我一支玫瑰的歌吧，
給我一個明媚光華的晴日吧！
我靈魂是痛着的，痛着的，
願天莫給我重重磨折吧！

我頹衰不如感傷的詩人，
我勇猛不及氣吞山河的戰將，
日中的眼皮點着夢的刺，
夜的靜默，給我感傷，
夢見，夢跳向光亮。

一九二九。

十行 二十字詰

1

殘酷的時光，我見你……
殘酷的時光，我見你
鼓着黑色的翅膀逝去，
剩留下我
無依地，
在懺悔的深淵裡，
沒奈般飲泣。

黑色的薔薇喲！
你的尖刺，你的尖刺，

8

進來吧，這，心頭，
直刺，刺到深深的底！

我不讓
這些般的痛苦，
嚙吃我無辜的心，……
時光，我見你
一去不再來臨。

一九二九。

十行 二十字詰

記起我失去的人

白色的稚花，
開滿了幽徑，
青高天空，
游飛着羅般的白雲，
我靜聽着蘭訴殘怨，
不禁想起你，我失去的人．

F，你在何處？
安樂無知，

10

遙的輕雲，
輕雲無語溜過，
我悲痴的聲音沉入
宇宙無底的過去……
我的姑娘，我的姑娘，
我在想着你，你可知？

昔日，多少溫情餵我們，
昔日，你給我多少生命的花影，
如今，你失在人海，

十行 二十字詰

11

如今，我們無時相見。

永久失去的人，

偕着我的心去吧，

偕着我的心去

蹤跡高山的麋鹿，

同登——我的皮麗司，

同登天堂，同入地獄。

往日的夢，消逝，

12

黑色的前途……

休！休！

把生命的手兒輕提，

失去了你，

我立于世上空孤。……

一九二九。

十行二十字詰

13

是谁又……

是谁又使我悲吧哎？
是谁撩起了我的幻灭，
我本不欲逃避，
也不愿哀哀哭泣，

我愿冷的一生，
无人顾惜，
我周遭静静地，
沉寂。

有火和力，

我要燃起生命的灯，

冷漠的世界

要听我有力的声音.

只有是，

我告别了旧日的衣履，

裸热了的胸怀

却迎受，在暗夜，冷风和凄雨。

一九二九.

十行 二十字詰

135

短期的混沌中

1.

想着她

爱情——狡恶的混蛋！
这是我第一次把你痛骂！
要是你始终没把我也
麻烦头脑昏花……

想着她，书也难读，
字行中浮沉着她的眼睛，

56

想着她，哭也難哭，
心的烈火把淚水沸蒸。
想着她，難望故鄉，
封山的迴路引到心創——
是榆林的蔭影底下，
我曾夢見過伊甸天堂。
如今誰也不聽我的声音，
六弦琴的讓我在回憶中輾轉，

十行 二十字語

V7

枯灰，落葉，乾涸的河床是我青春，
我的心頭上上些崙山．

2

望

望望天空，青，灰，混沌又下雨，
心裡悲哀，無限凄愁，
鬼影似的，書籍圍上我，
乾苦萃我又偷拾了黃金年頭。。

18

小的白的双脚浸在溪水中，
嫩的黑的手儿放在缝口，
莫说不知天地，人生和宇宙，
满心只想捉水下的泥鳅。

如今我虽然离去故园庭，
知识，经验，年龄带我苦哀愁！
既不飞飞上上虹的花的光的国，
又不落，落下污泥，浮水，地狱口。

一九二九

十行 二十字詰

8

孩兒塔

孩兒塔哟，你是稚骨的故宫，
佇立于這漠荒的平曠，
傾聽晚風無依底悲訴，
諧和着鴉隊的合唱；
啊！你是幼弱靈魂的居處，
你是被遺忘者的故鄉。

白荊花低開旁周，
靈芝草暗覆着幽幽私道，

20

地綫上停凝着風車巨輪，
濛曼曼的天空沒有風暴；
這裡，這和平無奈的世界，
北歐的悲霧永久地籠罩。

你們為世遺忘的小幽魂，
天使的情緣洗滌你的創痕；
啊，你們都你們人生和情熱；
也有生的歌頌，未來的衣底憧憬。

十行 二十字詰

21

只是你們已被世界遺忘，
你們的呼喊已無迹留，
狐的高鳴，和狼的狂習，
純潔的哭泣只暗遶荒溝。

· ·

你們的小手空空，
指上只牽掛了你母親的愁情，
夜靜，月斜，風停了微嗟，
不睡的慈母暗送她的歎聲。

幽靈們，發揚你們沒字的歌唱，
使那荊夜悽顫，靈芝低迴，
遠的溪流凝住輕泣，
黑衣的先知者默然飛開。
幽靈們，把黝綠的燐火聚合，
照着死的平漠，暗的道路，
引使無辜的旅人蹈足，
說：此處飛舞着一盞鬼火……

一九二九。于上海風浪中。

十行 二十字詰

故鄉時代的足印

一.

秋月的深夜，
沒有蟲聲攪破寂寞，
便悲哀也難和我親近。

二.

春給我一瓣嫩綠的葉！
我便默默地尋求着詩意。

三.

26

听不到是颂春的歡歌，
「不如归，不如归……」
只有杜鹃凄绝的悲啼。

四．

希望如一颗细小的星儿，
在灰色的遠處閃爍着，
如鬼火般的飄忽又輕浮，
引逗人類走向墳墓。

五

我有一個希望，

十行　二十字詰

27

戴着诗意的花圈，
美丽又庄楼，
在灵府的首座。

六

星儿在大微话时，
在带香的夏风中，
一条微丝柔柔地荡动了：
谁也不知道牠。

七

泥泞的道路上，

28

困騾一步一步的走去，
牠低着牠的頭。

八

我初見你時，
我战慄着，
我初接你吻時，
我战慄着，
如今我們永别了，
我也战慄着。

一九二四——五 的殘葉。

十行 二十字詰

29

人間

山是故意地雄偉，
水是故意地漪漣，
因為我
只有，只有，
只有乾枯地在人間蹁躚。
景物是譏嘲的含着諂媚，
人們是勉強的堆着笑臉，
因為我，

30

只是，只是，

又是醜惡地在人間徘徊。

一九二七，九月于無錫山。

十行 二十字詰

31

呵，我爱的

呵，我爱的姑娘在那边，
一丛青苍苍的藤儿前面；
草帽下内燃着青春面颊，
她好似一朵红的，红的玫瑰。

南风欣语，提醒了前夜：
疏淡的新月在青空阑珊，
我们同坐在松底溪边，
剖心地，我俩密密倾谈。

32

古刹的鐘声，混淡，
她的髮香，似幽蘭；
我們同数星星，
笑白雲之疏懶。

看，她有如仙嬛，
胸中埋着我的情爱，
啊，我的爱是一朵玫瑰，
五月的薔薇開放于自然的胸懷。

一九二七。于象山

十行 二十字詰

33

在一個深秋的下午.

那正是青空綴滿鱗雲，
碎波在周遭追奔，
鏡般的海洋冷照了我的心，
我忘了你的紅暈，姑娘？

你的短髮，散在微涼風中，
你的眼珠兒，纖樸柔黑，
你撫摸着欄杆凝望，
呦，遠處的地綫也有我的心。

沙鷗和愛的輕歌倘洋，
初起的金風帶來飄渺的夢魂，
投在那顆雪珠似的水沫上吧，
在落葉蔭下建築我的墳塋。

我幻見一朵乏白的玫瑰開了，
姑娘，你當時若真說："跳！"
帶着我愛的遼遠的幽音，
我投到在房子的懷裏。

一九二八。于魚山

十行 二十字詰

34

你口中含着一片黄叶

16.

35

輓歌

你蒼白的臉面，
安睡在黑的殮布之上，
生的夢魅自你草眉溜逃，
只你不再，永不看望！

你口中含着一片黃葉，
這是死的雋句；
窗外是曼曼的暗夜，
羅漢松對淺滴冷雨。

36

你生前窈妙的歌声，
迷雾般地散逝，
你死后的幽怨凄苦，
若干底的悽惋悲诉。

一九二八，一月八日晚。

十行　二十字詰

31

醒

微風的吹噓之中，
小鳥兒的密語之中，
醒來吧！醒來吧！
夢兒姍姍飛去。

我夢入廣漠的沙灘；
黃的沙是靜肅無生，
遠地的颶風捲起沙柱，
無邊中揚着殺的声音。

38.

我不留戀着夢的幽境，
我不畏惧現實的清冷；
在草底默默地流过，流过，
我宿命的悲哀的低吟。

生無所歡，
死無所懼，
願變入黃河之潮，
颶風吼着威嚇音韻

一九二八，四，二十日.

十行 二十字詰

39

白花

曼步曠野，心望空，
一朵小小的白花！
孤另的綴着粗莽的荆叢，
一朵傲慢的白花！

牠的小眼射着冷的光，
又一顆地上的星々我嘲嚾，
荆棘示威的搖曳，
又我回家去・々我喘息。

40

尖銳的刺在她周遭，
曠茫的野中受風暴，
牠在我視野中消去倩影，
我撫着心向家奔跑。

一九二八，五月五日。

十行 二十字詰

41

我們初次相見，
我們初次相見，
在那個窗的底下，
纍纍的綠柳碎擾金陽，
我們互看着地面羞羞的握手。

我記得，我偷看看你的眼睛，
陰暗的瞳子傳着你的精神。
你是一個英勇的靈魂，
奮鬥的情緒刻在你的眉心。

42

我記得，我望了你的面頰，
瘠瘦的兩顴帶着憔悴的蒼白，
但你的顴下還染着微紅，
你還是，一個年青，奮發。

我記得，我瞧見你的頭髮，
濃黑的光彩表徵了你年富的情熱，
我這般默默地觀察，
我自此在心中印下你的人格。

一九二八，五，廿

十行 二十字詰

243

清晨．

清晨灑遍大地．
陽光啊，鮮紅的朝陽，
在血液中燃燒着憧憬的火輪，
生命！生命！清晨！
玫瑰般的飛躍，
紅玉樣的旋進，
行，行，進向羽光之宮，
奏進高歌的旋韻．

一九二八，五月．

45

祝——

這是沙中最先的野花，
孤立摇曳放着清香，
枝旁没有青鲜的蔭葉，
也少有異類爭妍芳，
唯有她放着清香。

四向尽是乾枯的沙礫，
展到無窮的天際，
近处没有一口泉源，

46

未把她嫩根灌溉，
沒有一杆小樹伴過長夜。

祝福我們勇敢的小花，
她仍然孤傲地顧盼，
她不寂寞，放著清香，
天生的姿容日日光煥，
孤寂的生存，沒有嗟嘆。

遠星的微光熄滅，

十行　二十字詰

47

勇敢的靈魂孤單，
她忍受冷風的吹刮，
堅定的心把重責負担，
向何時死後重蘇魁？

祝福我們田中最先的野花，
孤立搖曳，放着清香，
枝頭沒有鮮青的蔭葉，
也少異族來爭妍芳，
只她孤單地放着清香。

48

一九二八，五月八日

十行　二十字詰

49

致纺织娘

寫給一個姑娘——案上花瓶，插野花一束，及柏葉兩支。來了一個獨眠的紡織娘，坐十餘天不去，有感。

起初在黃花盛放，
綴印你翠綠的新裝，
我的心蘇醒，
為了你那生的光芒。

50

心葉焦枯着人世的苦煩，
迎風衝破創傷，
我凝望你美麗的双睛，
你撫慰了我的猖狂。
花萎弱地飄墮，
綠葉惱人的變成赭黄，
你啊，可憐的姑娘，
你的存在，和着我的惆悵！

十行 二十字詰

51

是你心胸的惇善，
不忍撤下我個兒淒涼，
默對殘的花兒孤的葉，
擾著傷痕，咀嚼舊傷？

是你柔懷之中，
無辜的芽兒生長；
櫻花般的你青春年光，
填補我的枯腸？

52

可憐的愛的天使喲，
純潔的心腸！
偉大的胸襟，
願為天永長！

我，啊，纖弱的孤兒，
世界所遺的困狼，
前途是：災難，死滅，
我不能為人幸福分享。

十行 二十字詰

53

老衰的痕跡幾乎劃上，
我失色的纖纖高額，
心臟的壁內，
也已熄滅了我青春的火光。

我是羽翮殘散的小鳥，
在殺身的網中迴翔，
紅的血肉，白的骨，
已奉獻于自由的交響，

54

笑浪，和襲來的淒涼，
硬化我躁死的心，
我不能，我的天使，
再撩引青春的水在重遊。

去吧，日光在運行，
你的同伴在豐草中織紡，
螢火的舞蹤，蟲兒的樂隊，
迎著你——他們的新娘。

十行 二十字詰

55

别离了你的青春，
丝萝床中正等着你的情郎，
温着你的热情，
饑着你的火吻即照晨之上。

比如的野花，凋亡
柏枝消散傲人清香，
音乐已是日昨之声者，
留着无限的孤漠凄凉。

56

冷涸的心壁鼓不起爱情的节拍，
青春的死灰难再燃熠熠之光亮，
我让微风吹向我的长发，
你的温情变为灵芝熨伏我墓道。

别了吧！你这柔心的姑娘，
我没有血，心，或者希望，
让你鼓着翅翼，
重飞起把你同伴追上。

十行 二十字詰

57

瀝出你的血液和勇猛，
发揚你高吭的歌唱吧！
把你骑着的地球，
用情热的炮火来震荡吧！

我祝福你的前途，
我不悲哀，也不怨歎，
青春是可宝，可宝的流影，
漾泛的泡沫像向四溅……

58

一九二八。

十行 二十字詰

開頭的七首詩移排于最後一首
「妹妹的蛋臉」之上。
這篇「致下」請
移排至「乾澀的河床」
之後，「離別的晚上」之前。

59

致下

我很想把你的现状記算，
你现在已離我千里，
憑我还有幾多歡樂，
很也難压下我们的悲凄。

昨夜，一樣的深夜冷氣，
窗外也一般地陣々细雨，
你悲喝地道着傷感，
熱淚也流得尽情如意。

60

今宵何处再发響熟耳的音韻？
簷滴沉重的滴上心头，
听着寒缩的郊外孤吠，
我心上无端地掩上烦忧。

你是别我而去了，我相信，
你必得重返你的家庭，和——爱人，
祝你平安的，我的姑娘，
请忘了我，这个潦倒的浪人。

一九二八。

十行 二十字詰

60

61

花瓶

我有一个花瓶，
我忠實親信的同伴，
當我蹣跚于孤寂的生之途中，
她作為上帝，與我同在。

她不是連城的奇珍，
不勞濟慈的詩靈，
來把她描劃，歌詠，
她不向放過往的風韻。

62

然而她的正直和傲慢，
正使我心醉；
（那谄媚的笑脸，唉，
真是我灵魂的迫害。）

她矗立在我案上，
和一个哥萨克一般英壮，
用她勃勃生生的神情，
显示忠勇的朋友在旁。

十行 二十字詰

63

她不插芙蓉和玫瑰，
（這些，讓他人狂味！）
野花採自田野，
集團中的成員！
牠們是被人摧殘，
命運的判文已書「道數」，
但于今是武士的頭盔，
散發着自由的光彩。

64

一九二八。

十行　二十字詰

65

宣詞

親愛的姑娘，真，
你的心，顫震，
死以冷的氣息，
吹透你的柔身。

我的罪惡，這是，
我的罪惡常深沉；
這是我最後的宣詞，
願神祇赦免我的灵魂！

66

我們，一对友人，
相互地依偎于黑暗中的；
一对無告的小山羊，
互以誠摯的情熱慰問。
純潔的愛顧之花，
舒展于我倆人的底層。
（啊，底層底坎坷，
創傷和血腥！）
那是同情聖光的照流，

十行　二十字詰

这是博爱浪涛中一颗微末阴影。

天还没给我们春的晴明，
满山的杜鹃笑送光影，
我们的灵魂不曾扑倒，
在流淙的茉莉蕊下，
含羞的蔷薇微醺……
远野的鹧鸪鸣叫，
不叫我俩梦入星径：
肩并肩，吻连吻。

只好似兩粒小星，
流浪空中熬夠清冷，
魅的影浮舞，
歎息，哭泣，離亂心情。
孤單的時長，
用微眴相視，
我說我的，你，你的心！
憐惘的柔絲連擊我們。

十行 二十字詰

369

每晚，天高風輕，
或是墜黑又陰森，
我們向安我們的友人，
（好像一個虔誠的信女，
祈禱于每個黃昏。）

我的姑娘啊，
你是孤獨生途中的親人，
一朵在雨中帶淚的梨花，
你可裁判我的靈魂。

10

但我们，一对友人，
從最初直至無尽。

你不看，愛之的長夜將終了，
朝陽的旭輝在東方燃燒，
我的微光若不会着輝照，
明晨是我喪鐘鳴，青春散銷，
凍倒的半生發入永終逍遥。
我不能愛你，我的姑娘！

一九二八，八月十七日。

十行　二十字詰

71

孤独

這是一顆不知名的星兒，
孤清地注射她的輝光。
伴着我在綠影底下，
彿側着寂寞的儔伴。
藍的眼眶海洋般的深邃，
透明的淚光水晶樣的清瑩，
消〻地揭露的愁情千丈，
縈迴了高潔的心魂。

五

看看眼底的雲霧追奔，
看看空中的風暴奔騰，
悲憤的血濤震蕩了古老的
心壁上永不泯滅的創痕，

還着是孤獨的轉運，
沒有理想，沒有生命，
同情和愛戀的微光熄盡，
讓那高傲的心兒孤芳。

十行 二十字詰

73

只是無邊襲入的寒凜，
陽春的溫暖吹不進心扉，
軟性的恐怖紊亂的寂寞，
向誰堪判吐衷愔？

月依粧台時，
群星爭妍，
眩矓的又來，
迷踏蒼青。

74

沒誰轉瞬；
我們被擯棄的小星，
她只伴我，
那個冷漠的綠蔭。

一九二八，八月十日。

十行 二十字詰

75

独立窗头

我独立窗头矇矓，
听着那悠扬的笛音散入青空，
新月躲匿于白雲之間，
遠地的工場机声隆隆。
我脆弱地沉入傷感，
嬾把艱苦的黑白撩上；
悲愴的秋虫鳴歌！
岂是为我訴說苦想？

說我熱血已停止奔蕩，
我魂與殷熱深創，
往日如許豪烈的情熱，
都變成林中的孤探殘之凡、
不！我的英勇終要回沟，
熱意不能顯我喉嚨，
暫狼夜深人靜，寂寞的空龕，
熱望未來的東方朝陽！

九之八。于吳淞海濱

二十字詰

77

孤灯

你呀，你可怜微弱的一珠灯光，

照彻吧，照彻我的胸膛。

任暴风在四围怒吼，

任乌云黑黑地罩下。

不是苦难能作践我的灵魂，

也不是黑暴能冰冻我的沸心，

只有你日日含泪望我，

我要，冒雨冲风般继着生命。

98

忍耐吧，可憐的人，
忍耐過這漫長的夜，
冷酷的暴風加劇了，
秋蟲的哀鳴更形殘衰。

鮮紅的早晨朝曦，
也是叫他們帶來消信，
黑暗和風暴終要過去，
你呀，凜冽的光芒，永存！

一九二八。于海寓

二十字詰

79

給某君

呵，冷風吹着你散亂的長髮，
我瞧見你弱小的心兒在顫抖，
浸沒着暮氣凝烟的黃昏中，
我們同踏着崎嶇的街頭。

挺起你堅硬的胸壁，
擔承晚風悲凋的襲擊，
我們只應在今夜握手，
今晚我心跳得更促急。

80

在黑暗中動着是不可測的威嚇
從面追蹤着時代的压迫，
你輕蔑的和藐忽的眼中瞳人，
內映了天際高炬的光影。
細胞撞擦在你臉上，
微風故意如絮語，
我們笑那傾天黑雲，
預期着狂風和暴雨。

一九二八。于海邊

十行 二十字詰

81

東方的瑪利亞

——獻母親。

你是東方的聖瑪利亞，
我見釘在重重十字架之上，
你散披着你苦血的黃髮，
在侮辱的血泊默禱上蒼。

你逆流你酸苦淚水，
凝視着蒼天浮雲，
衣白披星的天使，

82

在雲端現隱。

你生于幾千年來高樓的地窖，
你是猶如永不見日的蒼悴地草，
默靜的光陰逝去，
你會三重十字架同倒。

一九二八.一〇.于西寺

十行 二十字詰

83

感悟。

孤單的精靈啊，

你別在無限靜謐的海心，

用你破殘的比牙琴！

彈引你悲冷的微笑。

潛伏的感傷，

終究破理智的封禁：

一個臉影，枯瘦又慈祥

以驟然繚繞的默零。

84

我撫摸我已往的荒徑，
蜿蜒從那雄偉的山的鄰村，
唉，修道士的山岩，
終古不破的沉靜。

我不禁回憶故家的園扉，
及鄉音着黃昏歌鳴之聲，
綠的草叢上飛金的蒼蠅，
衰色的夕陽下跳跑了我的青春。

一九二八．八．于西寺

十行　二十字詰

-835

地心·

我感觉地心在颤战，

于苍大容象的母親身中，

我秧着将爆的火山

火山的口将喷射鲜火深红。

冷风嘘啸于高山危巅，

暮色狰狞地四方追攫，

秋虫朗吟颓傷歌调．

新月冷笑着高傲青松。

86

青碧的顏色，秋的画幅，
吞噬了光明的宇宙，
我耳边震鳴着未来預言，
一種，啊，音樂和謳詠。

我枕着将爆的火山，
火山要噴射鮮火深紅，
把我的血流成小溪，骨成灰，
我祈禱着一個死的從容。

一九二八。于西寺

十行 二十字詰

87

蟲聲：

你受難遭劫的星星，
壓碎了吧，你期望的深心，
此後，你只有黑暗的無窮，
是昨夜秋風攪着花落，
黑夜輕曳薄紗衣裙，
一個失群的雁兒散布愴韻；
那時，我埋葬了我的青春。

蟲聲啊！那異國的音調，

88

秋的靈魂和你的奏鳴，
角上你的小眼，睫毛堆上黑影，
听这天響帶來多少象徵？

孤月冷光不能冰凍熱情
理性的甚至不能鎮压真性。
我在祈祷的微弱声下，
已诀别了往年的哀和生的憧憬。

一九二八，于西寺。

十行 二十字誌

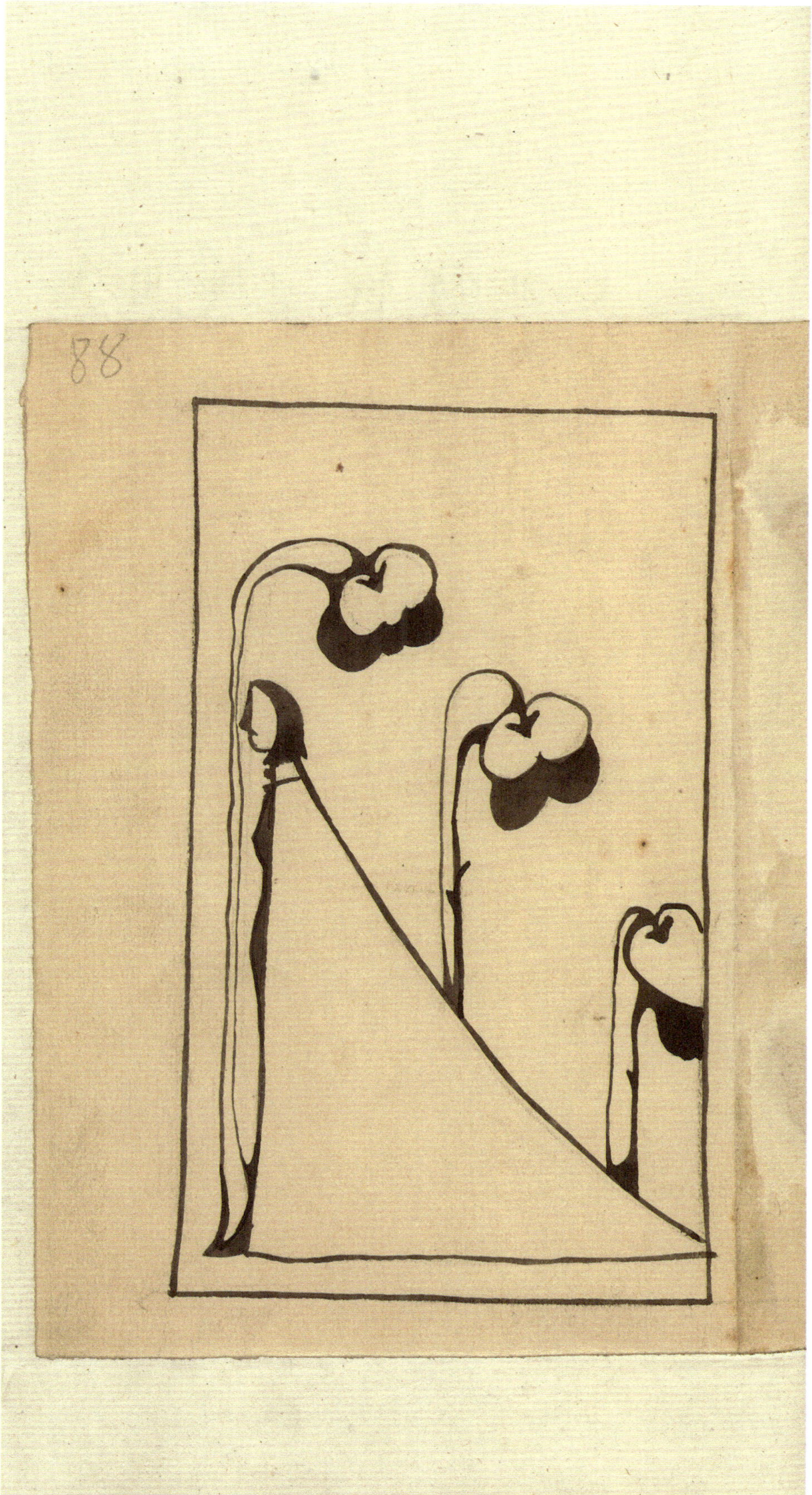
88

89

青春的花影。
是誰送來我象徵的消息？
我哟，靈魂早不能個于薔薇花影，
那是最後的玫瑰，
尖銳的刺隔破我朦朧夢境。

喘息地凝望連綿幽深的波濤，
黑色的堅塔在後深閉鐵門，
我送行我最後的憧憬，
不復有明日或然的來臨。

90

一九三八，于西安。

十行 二十字詰

90

91

失了影子的人

陽光，在草坪上舞蹈，
她纖潔的小小双脚，
吻着軟嫩的草尖；
風從中浮着她的金髮。

露珠，閃光在草之葉上，
溪水，低泣在脩松林下，
我失了影的人，幽魂般，
悲鬱地卑卑步回故家。

92

他的皮孔放着異鄉的氣息，
眼眶下堆後滿淚的紋痕；
逝兮，是歡樂；
死兮，是童心；
無盡，無盡的毒波，
山之巔，水之陰，
探透幽[illegible]黯黯的生之叢林；
征衣剝處吹噓着泥土呼吸，
他才歸自青春的古蹟。

十行 二十字詰

93

東

松鳴溪悽悽，
溪咽流着她宿命途程，
靜夜的月冷如水，
秘密心痛。
他曾追逐燐光，
燐光消滅，借去了他的影。
飛揚着，歎息的微然——
歸去，帶着死的光刺！

94

沒有一個鳥兒会歌唱，
沒有一顆星兒会閃光；
陽光在草坪上舞蹈，
失了影的人在溪畔徜徉；
但一会兒也，一切和——
也一齐要散佚消亡。

一九二八，在西寺。

十行　二十字詰

95

我还在異鄉

孤荒！

我身还在異鄉，

海崖下反覆空虛的悲響；

擁抱着生炭鬼魏，

秋蟀傳報凄凉。

珠山的頂戴，

雲的羅冕，沉的帳，

這千古沉默的Sphinx，

96

模糊，模糊，
人間荒涼，
迷糊。

久忘的故家，
淡白，破戶，和月季花；
薄雲，帆般的船，快，
朱紅的床兒，
嫂嫂哥姊，母親，爸爸。
頂上的花飾已，已歪。

十行 二十字詰

97

很家，呀？

庭ゝ下；我記得，

厭倦了塵囂，

抱膝閑暇，

浮想着大漠，海洋，

飛越而去，幻想，

冲破了現實的塵網。

綠色泛溢的校園，

98

春泛氣氛，
草叢上露珠閃金，
旋舞着金的，綠的，紅的蒼蠅。
乾草堆兒，
母雞樣，
慈和地擁我哺過冬陽。

如今，異樣，
我只感孤凄。
依舊，是天上的帆像，

99

却衰老了羅蓋般的紙葉。
同樣，
分裂飛，漂泊，死亡；
我也把我送去送葬，
不忍辨，
這已不是我的家鄉。
唔，那雲海中央，
淡輕的汽幢，幽香；
雲母似的月兒；

100

深紫的天衣籠我身上；
海底的女妖交唱；
夜鶯的情熱的腔；
——我心的紅牙琴的奏鳴哟！
我是在異鄉，孤荒！

一九二八，在西寺。

十行　二十字詰

107

给——

冷风刮过你的面颊，
我只低头凝思；
你咽呜着向我诉说，
但天呵，这是最后一次。

死的心弦不能作青春的奏鸣，
凝定的血液難以牠熱烈的沸騰，
我今天，好友，告别你，
秋日的寒风要吹灭了深空孤星。

102

我沒有眼淚來增加你的傷心，
我沒有熱情來慰向你的孤零，
沒有握手和接吻，
我不敢，不忍亦不能。

請別為我啜泣，
我要之于深壑無惜，
把你眼光注視光明之前途，
勇敢！不用歎息！

一九二八．十月二十一日

二十字詰

103

心

我的心是死了，不復動彈，
过往的青春美夢今後難再，
我的心停滯，不再跳動，
紅的楓葉報道秋光老衰。

我用我死灰般的詩句送葬尸骸，
我的心口已毒痛不出光彩燦爛。
貓頭鷹，听，在深夜孤泣，
我最後的淚珠雨樣搖散……

104

一九二八、十一月于西寺。

十行　二十字詰

105

歸來。

歸來哟，我的熱情，
在我胸中燃焚，
青春的狂獰吧！
革命的赤快吧！
我，我都無限飢饉！
歸來哟！我的熱情，
回復我已过的生命：——
尽日是工作的興奮，

每夜是红花的夢影！

回歸喲！來伴我空心！

一九二八，十一月于西寺.

十行 二十字詰

107

星儿

我们，手携手，肩并肩，
踏着云梯向前，
星儿在右边，
星儿在左边。

霞影向我们眨眼，
我在你瞳人中看见，
——我要吻你玫瑰色的眼圈，
这次你再不要躲闪。

108

No.

雲雀的歌兒声清甜，
像飛散虹线，
搖動着，
把我心門搖開。

心門裡高生奇美，
頸兒旁圍披了薔薇花圈——
青春底傳奇的献礼
還留在她的額邊。

109

它們不再流出火煙，
火煙已變成光華燦艷，
美麗如一座象牙宮殿，
你，你倚立階前。

太空之明星，
太空之生命，
我們手攜手，肩並肩，
向前，向前，不停。

110
一九二八，于冈寺.

给母親

我不怪你对我一段厚爱，
你的苦嗟，無涯，
但我求的是青春的生活，
因为韶光一去不再来。

那为人的玫瑰花也之影，
燃心的美甜蓓蕾，
要令一日葬入你古老陵墓，
我不须在深夜呻吟。

172

但现在，我也有新的生命，
不怕浪漫的痴情再缠萦心庭，
在深夜山风呼啸掠过，
我聆听到时代的悲哀的哭声。

此后，我得再造我的前程，
收回转我过往的热情，
热情固将燃起青春余灰，
但也冲着我去获得新生。

一九二八，十二，四晨。

113

夜趣

蒼凉的纖月懸在中天，
她的笑泣已有千年，
千年的韶光之衰殘，
她總織將她在動生踊躍。

夜風在林間呼噓，
淡影橫過葉畦；
誰把幽僑的琴聲，
奏弄于高石橋下。

114

No.

夜，殓衣般裹着吧！
墓山中也飛不起半影青燐，
無熱的火光也藏在冷夜，
燃起他們已死的青春。

誰知道我枯心却在悲唱，
誰知道我把淚珠偷滴？
我心跳燥裂，心跳斷滅，
心中的幻影亦難撲熄？

115

正當這個時分，
也無人把殘夜報道三更；
幽怨的女神形對林低徊，
這，即是我枯寂的心影。

我的心有薔薇刺的痕，
鮮血珠泉的流難停，
我生命即使早日夭亡，
傷痕中也留下她的面影。

復活的情火把我硬骨灰化，
冷夜寒風中也幻見明春，
玫瑰花的容光，
照臨吧，我的孤身！

寒潭的殘夜，
蒼月，淒風，遠處鳥鳴，
我默禱幾時再對心魂，
得着或失去我的生命？

一九二八，于西寺。

117

你已經勝利了
你永遠的魄力嗚咽，
你說在今宵告別你的癡情，
當你靜聽着喪鐘鳴奏，
你說說："我最後獲勝。"

死的勝利，永久的勝利！
人生最後的歸抱是灰黑死衣；
今日還是你秉有憎惡和愛情，
明晨，你得吸盡你最大的空氣。

118

光荣的野火燃不起的枯灰，
青春的绿光残照流萤的静喜，
沙哑的喉咙对猫头鹰唱，
死骷髅的脚踵在你坟上踏遍。

这时，别去你热情和勇敢，
断割了恋念和情思，
埋葬了你忧烦，忘怀和苦恼，
去镌的是你胜利的颂诗，

一九三八，于西寺。

119

我爱了……
我爱了你人之爱，
我的人，好难受，
又白的蔷薇开上她的面颊，
两颗星眼吸我不能回头，

我爱了你人之爱，
我今宵独不会成眠，
梦中她像嫩绿小草，
着了桃红色的衣服。

120

No.

我爱了他人之爱，
使我尽天要向流淚，
因为我已知道，
她的心不復是未發苞蕾。

我爱了他人之爱，
是我無日不悲歎，
担尽了驚懼，要受魔和煩惱，
爱情的苦毒在我脊上磨難。

一九二八，于西寺。

121

自惡

把你自己毀壞了吧，惡人，
这是你唯一的報復；
因為你的是一个高潔的靈魂，
不如世人的污濁。

你是至美，至尊的，惡人，
可以把世界鄙薄。
你不須求人諒解你的精神，
你的是該在世上永久孤獨，

122

No.

世界只有無价的才是寶星，
肉光的珠玉也盡是污濁，
肉耳怎能聆貴族的清音，
世人要的是毒蛇咒罵！

你胸中蘊藏了希有的光和美，
日復一日幽幽泣笑，
你溫熱的淚水清瑩，
每夕是抱抱你洗浴。

-123

你是自然的骄生精灵，
人们總難把你撫摸，
他们難見頂上晶瑩的明星，
只是把齷齪的衣带抖擻。

你在世上只有蟻垤，
这是你唯一的报復，
世人尽蠢逐污浪，
你也儘可把人血飲休.

124

No.

一九二八、于西寺

125

生命，是刺刺．

生命，我今晨才把你認清：
在草叢中探出天風，
輕輕的散霧在四面浮動，
我立于高山之巔，
面對大自然的虛空。
啊！無限的感傷，
硬性的淚水掩住瞳孔。
生命，我認清了你
你刺蝟樣的，

126

No.

尖刺刺入人心。

生命，你生来就面目狰狞，
你是贪婪又凶狠，
你给我的赠贶——
一把火样的热情，
都变成了一把剪刀般的薄命！
你把我在黑暗森林中引进，
我从你处接受了可咀咒的青春。
但你又蔑视着我，

127

看我在深夜中呻吟。
生命哟，我知道你的本性，
你渴饮的是人类灵魂。

我呀，素有这脆弱的虚心，
怎禁她那含情的转眸一瞬，
那知道这就是美人的刺儿，
刺进在我心的深境。

我自然便遗失了睡眠！

128

No.

我尝决我辛酸流暗泪不停，
焦渴的幻想扼住我的呼吸，
萎靡的浓雾驱散我忧愁之阴。
呵！那朵白玫瑰的蓓蕾，
我盼了可早日 但见她憔悴，
她的美好践碎我的心，
她的冷酷赛如冰的魂。
我是想毁灭我生命，

生命，枯萎和死藤！
我深悔在高傲的山崖上面，
不把骄傲的影儿抛堕。

呵，生命尖刺刺，
刺入我心底血丝，
总有死，伟大的死，
拔去刺，和着生命。

一九二八，于西寺

131

Epilogue

一九二七夏，我曾寫了一篇長詩「萍」只成了一部份，約五六百行。因生活不安定，原稿失去不能追尋。一九二八年有重寫計劃，但情緒已去，只餘下短了的一些，這便成這一篇。

我的朋友，真，

這就是我的殘稿一份，

這可算是我過去，

過去的情熱，

132

No.

和我幼小纯洁的真心。

但这是过去了，朋友，
我已殺死我以往生命；
我不是说明晨，
明晨我就要离去，
离去故乡，和你的深情。

我觉得，我的青春，
已把热烟燃尽，

133

我以後的途道，
枯乾又艱困，
我不能不負上重任。

離去我的故鄉舊村，
我要把我的新生追尋，
把以前的一切殯葬了，
把恩惠仇愛都結束了，
此後我開始在世上馳騁。

134

No.

我恳求你忘去我，真，
我的影子不值久居你的心中，
今晚我跪着为你祈祷，
明晨也不能给你握手去行，
我要这样我孤苦的去行。

一九二八，于风雪，

135

给——

And though our dream at last is ended,
My bosom still esteems you dearly.
—— Byron

我今天，在这清冷的下午，
我见了你的侧影，
飘忽的羞过山样高峰，
我的心从胸中跳跃。

130

No.

那裡是我思想的清高？
那裡有我真摯的感情？
一切是巧調，
一切是空論，
我是一枝點毒的尖刺，
孤芳地在荊棘中生存。
你為我受盡苦辛，
你曾是父愛母慈的中介，

137

我蹂躏你，
我侮辱你，
我用了死的尖刺，
透穿了你的方寸。

你伟大的心，
和解放的灵魂，
只换得讥嘲，
只换得假笑，
掩埋了青春，

138

No.

殘葉憶描的夢影。

姑娘喲，我們的夢已終了，

我心中仍把你摹拜尊敬，

是我罪惡，

是我殘酷，

我見的側影，

我從「被懲你罪非我可能」……

一九二八，十二，四夜，

139

殘歌

姑娘喲，你的烏雲，
我只用這破舊的名，
形容你秀散的頭髮，
你的髮兒纏痛我的心！
我要，吞吃你那對兔兒眼睛，
你好似一枝白色的鬱金香，
孤傲地挺立在沙漠中心，
你的葉脈中混流着銀河的甘露，
當朝陽新妝，喲，

140

No.

你内蕴你着有的静美，
啊，啊，你的美折痛人的心。
姑娘啊，你那末美好，
你和朝霞一样的风度年青，
可是你遮藏的胸脯底下，
伏的却是一颗冷硬的心。

甚么使我惊狂，
我们觉着了我的睡眠，
我的精神踉摇挣，

141

到处，到处都有你的幻影！
偉大的姑娘，你这樣支配着我，
这樣支配着我，
你的美好已吃食了我的靈魂！
天，但誰能責我这單面狂熱，
你的容顏不能戰勝。

我的靈魂像根蘆草，
你却是狂飈一陣，
把我整个地，整个地，

142

No.

带入你的怀抱吧，
我领上山巅，
我愿捲入海洋底深深，
只要你，你美丽的力士，
你抱着我轻盈的孤身，

我只要见你，
见你直对兔思眼睛，
你的红润樱唇，
我便是登临世界的[illegible]，

143

我是否蓋歷史的凱撒，
我是威震全球的拿破侖。
可憐呀，我的幻影，
我若是還有青春，
我也該使她沉之如一熱吻？
硬心的姑娘呀，
你怎不能發了我深心的？
你昨天，嘆，頰上飛浮桃紅，
我要是是你心中的……

144

No.

不敢向你從忠的誓詞，

「為我，拿去我的心——」

只還留在我的真意，

一天一天地在等，等，等…………

你用你白嫩的手兒，

承受這片白紙吧！

我要你，要你，要你

明白在你的底下，

怎樣狂跳我的心！

145

怎樣亂印撥底的吻痕……

這不是愛的痕跡，
黑的字兒也用我的心血，
難道要待青春枯萎，
難道要待秋風肅雷，
短音階的哀音中幽呻咽；
「殘傷的人心兒來墓門悽泣」呢？

一九二八，十，四年。

飄還的東風

我幻見你是在浩茫的江中，
江上吹嘯着飄還的東風，
東風來自太平洋的窩，
深掩着古舊的傷別，
東風把你向暗沉沉的故鄉吹送。

無力的船隻戲着漣漪水波，
淡黃的月暈微和衰殘的漁歌。
你有何底受驚的憐忡，

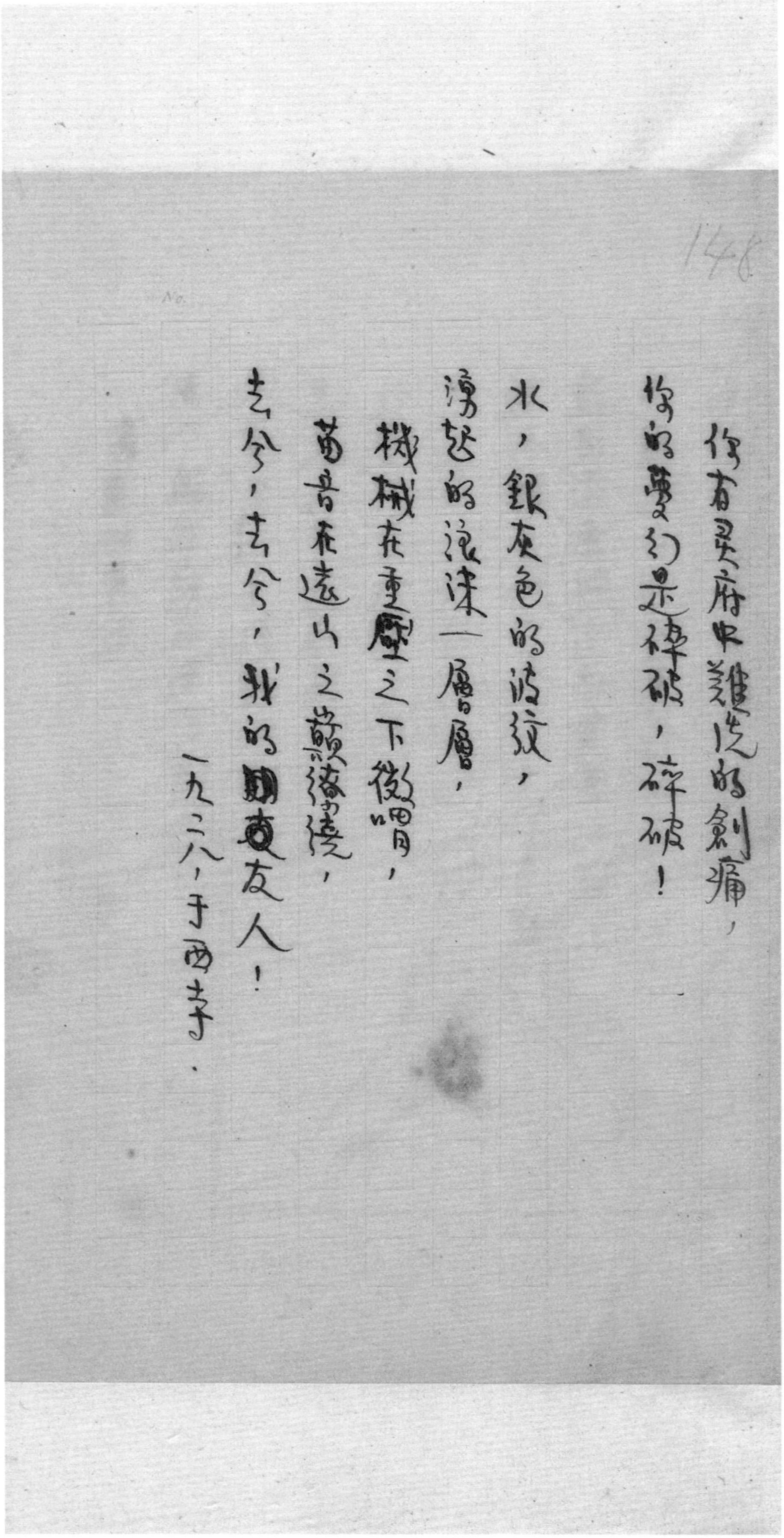

148

你有冥府中難泛的劇痛，
你的夢幻是碎破，碎破！

水，銀灰色的波紋，
湧起的浪沫一層層，
機械在重壓之下微喟，
笛音在遠山之巔繚繞，
去兮，去兮，我的友人！

一九二八，于西寺。

149

乾涸的河床

走入跡罕到的南山墺边，
追躡着一条乾涸的河床，
烏黑的雲霧堆滿了長天，
往昔的青春于今已往。

憶那時，兩旁拱護着青藤，
鏡似微漣搖不破茸茸的綠影，
玉般的白色睡蓮佇立，
隨倦地等候着水底的精灵。

150

No.

陽光天真地游躍，
林澤的Nymph常來入浴，
她們潤黑的長髮，
漂浮在波紋上奔逐。

但——這是一條乾涸的河床，
沒有青翠翠的屏障，
沒有漪漣，
Nymph也都遁跡，

151

睡蓮萎滅，

陽光——也不再停息，

只有烏雲密密密密……

一九二八，于西寺

153

別的晚上

天空在流着別意的淚水，
我呵，胸中從纏怨歎；
但是也罷，
且托着幻想數計我們未來再會。

我生命之箭在時光波上滑过，
沒有誰付給我片刻的留戀，
萍水一般的，
你的別離都贈了心的纏綿。

154

No.

不用說此後難再同登珠山，
我的眼簾也不能燃灼你天真顧盼，
但我有一句話留你
「你第一個引起我純潔愛念」

姑娘你別徒為悲哀淚水，
眼淚只令增添你胸中的傀儡，
向前去啊，
創造去，你幸福的將來。

155

一九二八，于象山。

天下着牛毛细雨，淅沥不停。下姑娘将于
次日返校，晚，于惨切的灯光之下，伏枕
大哭，我亦悲不能胜，作诗示之。

156

1557

想

當夜風奏鳴，
竹濤蕭蕭之時，
我想起你，我親愛的姑娘，
啊，夜的帷幕下降，
宇宙罩籠着愁慘微光。
我設想我倆緩步，
在曠茫的平野中央。

當朝陽放光，

158

No.

彩霞與鳥齊飛，
讚聲四揚時，
我想起你，我親愛的姑娘，
我如夢般地想見，
你和我同在翱翔，
翱翔于萬層的雲錦之上，
啊！四望茫茫，
你輕渺的衣紗
在風漣中舞蹈，
我你——啊，如狂。

159

當星星閃眼，
銀河暗轉，
夜鶯在南歐林中歌唱，
梵尼斯的海波靜盪時，
我想起你，我無價的姑娘，
你頸掛白色的純紗，
淚光在玉色茉莉葉上閃耀；
你輕提著你姍步，
走上一座雲橋，

160

No.

你高洁的脸，圣光，
你无言，又无微笑，
携手上云梯。
天使的幽乐洋溢，
流星的光沫四溅，
你飘地去了，去飘渺
飘渺的天宫，寂寞，
姑娘们，我见你，
佩着白花飘我去——了！

一九二八，于象山。

161

給——

下咯，我何時得再見你呢。
我純潔的初戀咯，
你是東方的Beatrice，
我何時得見你于夢的天堂。

在碧山的綠蔭下，
依薔薇泉邊過白石，
這只是你的小臉，
何時再與我同映一次。

162

No.

西寺的高橋边，
長松依然暉映着夕陽，
只是我得何時，
再在此醉將進香？

靈溪的黄沙十里，
依然是平坦無際，
只我得何時，
和你共作球戲？

163

哟，姑娘哟，往事重提，
愈想愈有深意，
旧创再理，
愈刺的苦痛怎禁得起？

你是离我去了，
我每望向浮云道你安宁，
若我今日即撒手长逝，
我最宝贵着你的小影。

164

No.

一九二八，二十，写完。

164

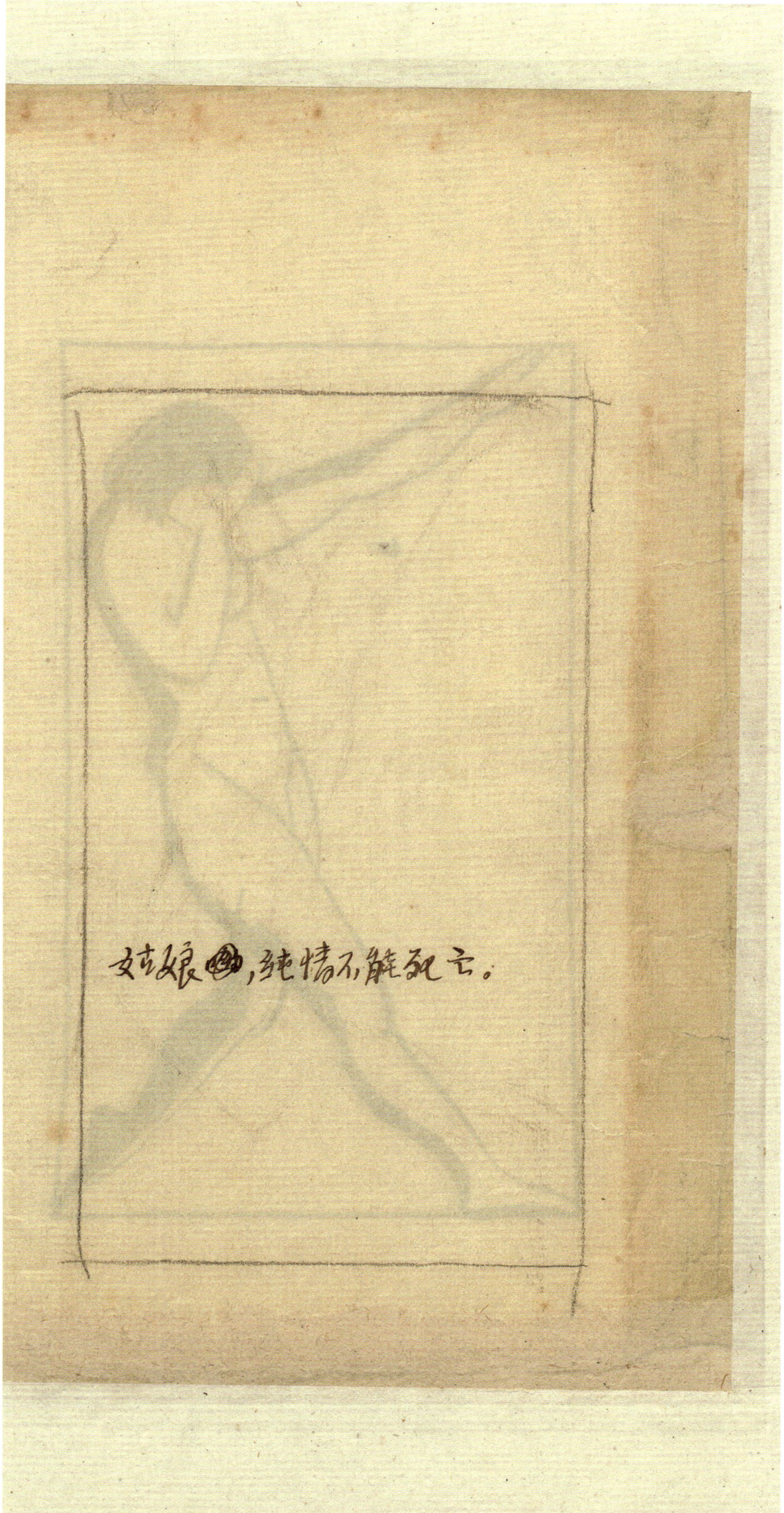
姑娘[illegible]，純情不能死亡。

165

舊懷

你有如茅蓬中的幽蘭，
純白的肌膚
如天使的花環。
你的幽香，
顫慄于我靈魂的深閨……
天！
逝去之難再！
樺林下同坐閒談，
冷風中默向紅爐，

166

No.

模糊，曚昽，
和梦一般。

姑娘，纯情不能死亡，
赤帜不易消散，
但今在天涯，
还在地角，还……？
且由我说祷，
愿我俩同梦珠山。

一九二八，于象山。

167

紀念的情緒。

下喲，我初次握你手時，
你的手冷潤如玉，
忽而感傷襲來我的胸懷，
我想伏在你胸前痛哭！

你是一顆苦伶的小花，
命運示你以凶殘齒牙，
我對你有無限慚愧，
我是個情感的懶漢。

168

No.

如今，你創造，

我也征戰了，

我還需無限的同情，

我愛幻見你那種熱情的微笑……

一九二八，于象山。

169

我醒時……

我醒時，天光微笑，
林中有小鳥傳報
你那可愛的小名，
戰慄的喜悅驚愕着我，
我不禁我詩灵鼓着翅膀。
我的詩和虹彩一樣，
從海起入天中，
直貫着渺漠的宇宙，
吹嘘着地球的紊乱。

170

No.

只有你的存在，
我的生命才放光芒，
我的筆下騰游字裏，
每个歌鸟都要吟唱。
白色的玫瑰花，
你要迎光開苞，
太平洋為着你平靜，
崑崙山為着你不倒……
我從你的夢中醒時，
林中的鸟兒把你小名傳報……

一九二八，于象山。

171

现在，

呵，牧歌的已往逝矣，
我不得不面对醜恶的现在，
我的诗魂已隨她去矣，
现在的我是罪恶的残。

不再，是过去纯洁的童年，
死了，是以前美好的诗景，
今日只是一個黑色的现在，
明日也只是一極荒漠的坟。

S172

No.

一九二八，手盒的

-173

無題的

一．

沉醉

天！

無從排遣！

湖面，銀灰色的水，

青天，銀片，

小槳散綫，

遠鳥清晚．

煤煙

蔽目的灰

紛飛！

摩托車在路〻上〻馳追，

暗角有女人叫了來……

電車悲嘆！

來了洋人，撞了滿面……

二

是夜間時長，

175

火車頻頻的尖着声音，
楼上有人拉着胡琴，
餛飩……點心……
有牌兒声音，
乞兒呻吟，

都市的散文！

三、

窮人也享過，

臭味衝天，

上面寫着大字威嚴，

"此地不准小便"

流着黄的，綠的，白的曲綫，

滾着肥肥的白蛆累累。

呵，此地在爛潰，

名字叫做"上海"！

四、

177

寫着字，
光緒斷死，
注意！
他已經到底！
都市有電燈，
不禁給窮的人。

一九二九春，流浪中.

179

春

春，帶着你曲線的舞衣，
来吧，来彈動我的心弦！
我的心已倦病，
我的創傷十分深隱，
我久寂的心弦望你揮彈。

鳥，帶來你婉囀的歌聲，
来給我一個激勵的歌唱！
我的源泉已經枯乾，

180

No.

我的感覺十分麻煩，
我聆你的歌聲復活我情感！

水，帶來你青苔下的水仙，
來給我一個沉醉的良夜吧！
我的手，瘋癲，
我的血，遲緩，
我求你給我一個生的靈感。

春，帶了舞衣，水和鳥，

181

珊珊地踏遍了人間。
沒把我的給揮彈，
沒把我淚泉復還，
也沒給我一分生的靈感。

死，那末你帶尖刺來，
來給我最後的引渡吧！
我的心，瘦小了，
我的生，十分枯乾，
求你來，來給我慰安！

182

No.

一九二九春，流浪中

183

寫給一個姑娘．

姑娘，叫我怎樣回信呢，
我為何不交你以我的心呢．
但是啊，看過去來把刻上傷痕，
傷痕中正開著血花血蕊．

逝去是我寂寞的青春，
青春不曾留我一點雲影，
不曾有過擁手，談心，
也沒有過吻給與暗粉。

184

No.

我現下是孤淒地屍骸，
無限的前面是不測的黑暗，
過去的生命荒去了十九年，
人生的秘密不曾探得一綫！

這都是上帝的公平，
也是造物的慈愛心，
因為我，我是那末畸零，
火樣的情熱只能自焚。

1885

我熱望地，不生妄求，
崖傲的矜持代替着抖擻，
人的嘴是不死的魔鬼，
在暗夜不禁淚聲偷漏。

我何曾不希求玫瑰花芳甜的蜜，
我看見花影也会發抖，
只会能着來給我握手，
我只有，只有，只有孤寂。

186

No.

姑娘，原谅我这罪人，
我不配接受你的温情，
我祝福着你的灵魂，
并颂你幸福是要趁着青春。

我不是清高的诗人，
我在荆棘上消磨我的生命，
把血流入黄浦江心，
或把头颅送向自由的刀吻。

一九二九春日，狱中。

187

贈朝鮮女郎

朝鮮的少女，東方的玫花，
你就很優地在浮萍木上飛跑。
我看見你的腿迅捷的跳動，
你是在歡迎着浪花節奏的咆哮。

浮萍木是你運命的象徵！
遠離故鄉，隨水漂泊，
誰掬向你一掬同情？
你真該合這浪花同聲一哭。

188

你，少女，是那樣美好，
你仿佛是春日的朝陽，
你小小的胸口有着復仇的火焰，
你黑色的眼底内燃着新生燎光。

請立在這混濁的黃浦江頭，
傾聽着怨恨的潮聲歌着怒調，
你的故鄉是在冰雪境内，
痛苦的同胞在輾轉呼號。

189

要問這天皇幾時才露笑容，
向這罪惡何日得告終結。
何日得方可回歸故里，
在祖父的墳頭上剖心深泣。

漂萍般的無定蹤跡，
時日踐蝕了生命花葉，
偷生在深的，深的暗夜，
何時得見睹光榮的日出。

190

No.

你请歌唱吧，
你胸中不是有千缕琴丝，
你的心不是在酸楚地跳抖，
对着黄浦你该发泄你的哭嘶！

你不停地向前跳去，
你是歌唱着呜咽的旋律；
我知道越过一片汪洋波涛，
那边有着你的仇敌。

191

女郎，快乐地跳舞吧，

让我替你拍着音节，

把你新生的火把燃起吧！

让历史者永远休息！。

一九二九春，流浪中

183

夢中的龍華

哥哥們，上海在背後去了，
驕傲地，揚長地，
我向人生的刺路踏前進了，
向荒地，空虛地。

啊，吃人的上海市，
鐵的骨骼，白的齒，
馬路上揚着尸氣的泥塵，
每粒塵屑都曾把人血吸飲。

冷風又帶著可怕的血腥，
夜的剩音中又變了多少淒吟，
我曾，哥哥，躑躅于黃浦江頭，
浦江之上浮沉著千萬髑髏。

只有莊嚴偉麗的龍華塔，
日夜纏繞著我的靈魂，
我如今已遠離上海，
龍華塔只能出入我的夢境。

呵，龍華塔，龍華塔，
想你的紅磚映着天白，
嬌嬌的桃枝襯你孤拔，
多少的卑情者由你頂上自殺。

白雲看着你返顧顫聲，
雷神們迅速地鼓着獰声，
電的內刃圍繞你的粗頸，
雨般的血要把你淋，淋……

196

No.

可是你却健强的发着光芒，
仇敌的肌血只培你荣壮，
你的傲影在新朝阳中自觉，
清晨的百灵在你顶上合唱。

你高慢地看着上海的烟雾，
人的搏动也会合上时代脚步，
我见你渐渐把浓烟倾吐，
你要变成一个烟突，通着创造的汽锅。

一九二九春于流浪中。

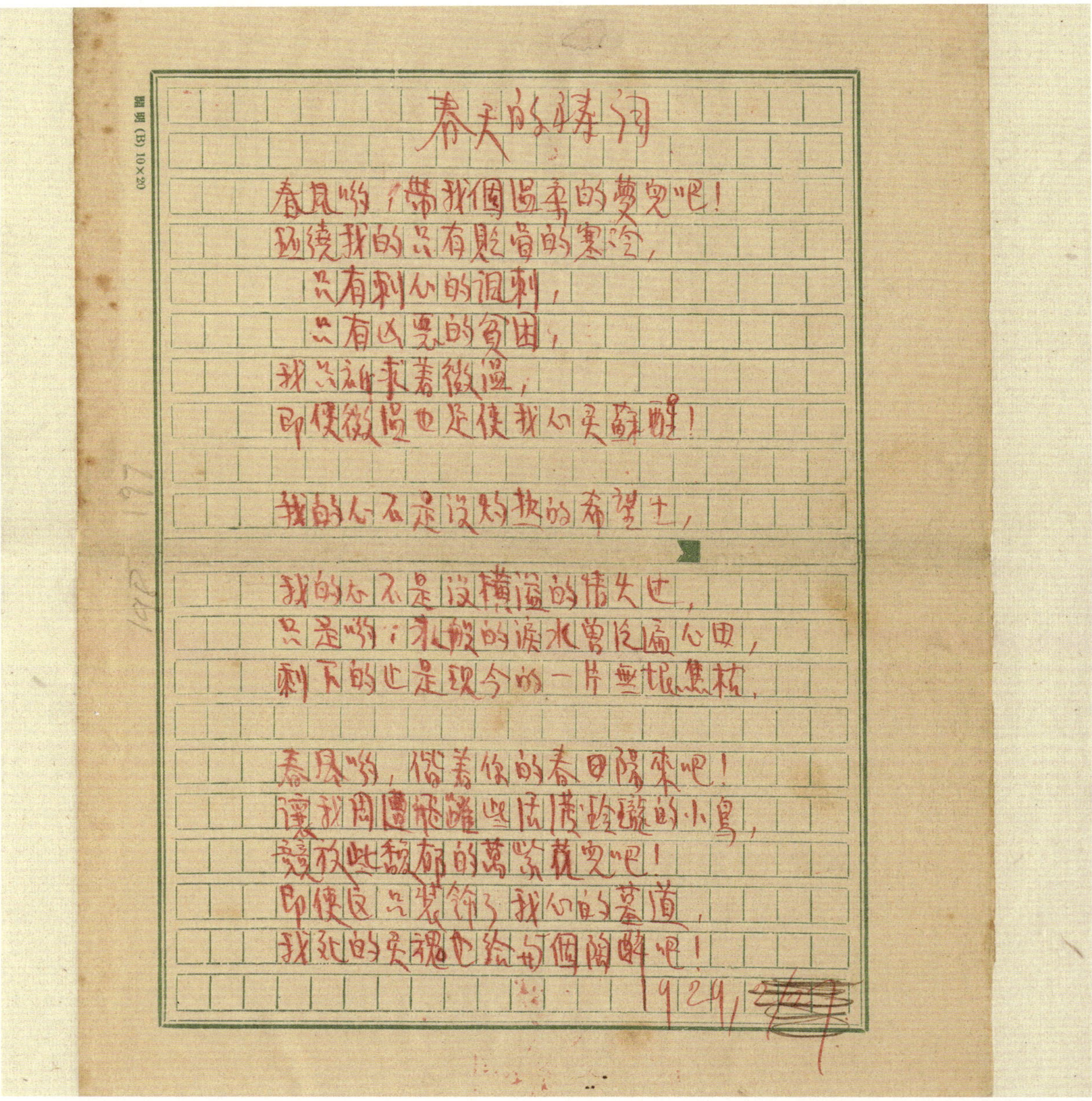

春天的禱詞

春風哟，帶我個温柔的夢兒吧！
纏繞我的只有貶骨的寒冷，
　只有刺心的諷刺，
　只有凶惡的貧困，
我只祈求着微温，
即使微温也足使我心靈蘇醒！

我的心不是沒熾熱的希望过，
我的心不是沒橫溢的情火过，
只是哟，冰般的淚水曾浸遍心田，
剩下的也是現今的一片無根焦枯，

春風哟，偕着你的春日陽來吧！
讓我周圍飛躍些活潑玲瓏的小鳥，
讓放些馥郁的萬紫花兒吧！
即使這只裝飾了我心的墓道，
我死的靈魂也給每個陶醉吧！
1929，

月夜闻鸡声。

"呵，友人，静寂的月夜不给你桃色的梦，
摇荡着的灵魂便上了水晶似宫？
但，这夜，听，有着激励的鸡鸣，
是这时候你该清醒。

莫是朝阳已爬上你的窗欞，
还要你把颂歌狂吟！
享尽高洁的时代先知，
在月夜就唱就了明晨新诗。

友人，起来，这正是时候，
月光的清辉已洗过了樓頭，
束着你闪光的锋利的寶劍，
踏着星夜的路上銀河白堤。

踏着虹的桥，星河的大道，
星儿向着你的来向奔跑，
你向前走去欢迎明晨，
你因为必要作迎着第一个日头！

1929，

201

寂寞的人

公園的夜深如水，
靜寞的樺林也停止喧嘩，
微風吹，把薄雲吹披，
隕星在銀河裏殘滅……
寂寞的人緩步着長堤，
他的影子有如濛霧，
風吹拂他無力身上的衣衫，

二十字詰各十行

202

No.

細軟的髮兒向四方輕舞.

燈下他也不低徊，
樹蔭他也不留戀，
他不停着聽水漣的睡歌
他也不細聆蓮花的吟哦。

他只是走着，走着路，
如醉着，如睡着，如病着。
他是一个寂寞的孤兒，

203

他只是一個秋天的飄殘花朵。

沉重的步伐踏著軟的草，
細弱的呼吸嘆著輕了嘆息，
白的花瓣，血乾，黃了焦槁，
談笑的飄遊還不探個尋覓。

我不願再向你無信的白雲，
你只帶了我虛偽的音耗，
沒在那高山嶺上有青春，

二十字詰各十行

No.

204

我都徒然跋涉，徒然潦倒⋯⋯

「我再不願向你輕薄的波濤，
你只欺騙去了我無花樣的年青光陰。
在那河的濱上，塔尖兒高，
教堂只是傳播別人的婚禮鐘聲⋯⋯

「我要徒步的向前，向前，
手捧著心兒，心滿著愛情，
我要孤單地走向寂靜墓前，

205

玲瓏的女人苗輕揉着堅粕的蹺。

你莫向我泛光的光鋩，

吞語的燈火即是葬禮的準備，

但我爆裂之前的血花無量，

也要在永久的幻影之下發着光輝。

一九二九，八月 日。

晚共征夫同步公園，頗覺得悲凡，自覺自冷寂的過去，好像/一條橫旋纍綴的山路，在暮靄中隱現，直上右/樓無

们李仿的感慨。李征夫又读起了故友郭彦文著诗曹画，都不禁感伤地沉没了下来。像一对醉了的恋人似的，在一对对的金缕点衣的恋人群中，跳跃而为。

林林

给~~林~~

我方从黑暗的笼中出来，
就闻得你重来海上的音耗，
我恨不得立刻就飞向南陲，
来和你握手接吻拥抱！
但是，人事的不测的波浪，
冲击着我们软弱的两翼，
我只有望飞云箭为广野之鹘，
失望的心更在幽暗的夜中哭泣。

你只惯说人间的孤寂吗，
今日你，你就诗画子，
不须城下白鹭洲的倩影，
淡霭之中不断的烦恼春愁？
我祝福你，自由的诗人，
湖山的媚光浸润你的天才，
我愿从握手倾听火车的呜鸣，
无依的灵魂中也插载着寂安。

1929 ~~5.5~~ 深夜

No.

208 207

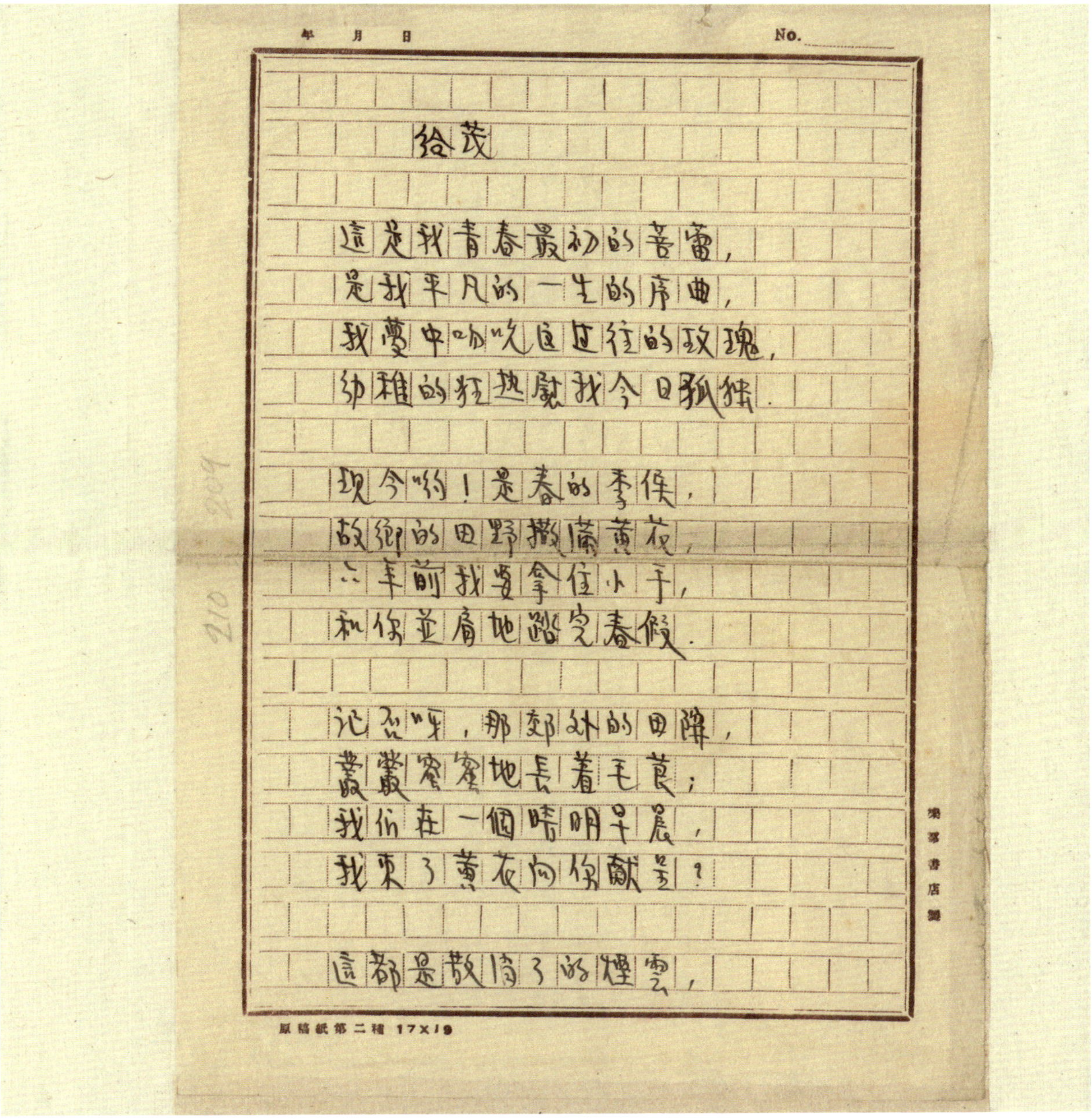

年　月　日　　No.

给茂

這是我青春最初的蓓蕾，
是我平凡的一生的序曲，
我夢中吻吮這過往的玫瑰，
幼稚的狂热慰我今日孤独。

现今哟！是春的季候，
故鄉的田野撒满黄花，
六年前我要拿住小手，
和你並肩地踏完春假。

记得呀，那郊外的田隴，
叢叢密密地長着毛莨；
我们在一個晴明早晨，
我采了黄花向你献呈？

這都是散消了的煙雲，

原稿紙第二種 17X19

樂羣書店製

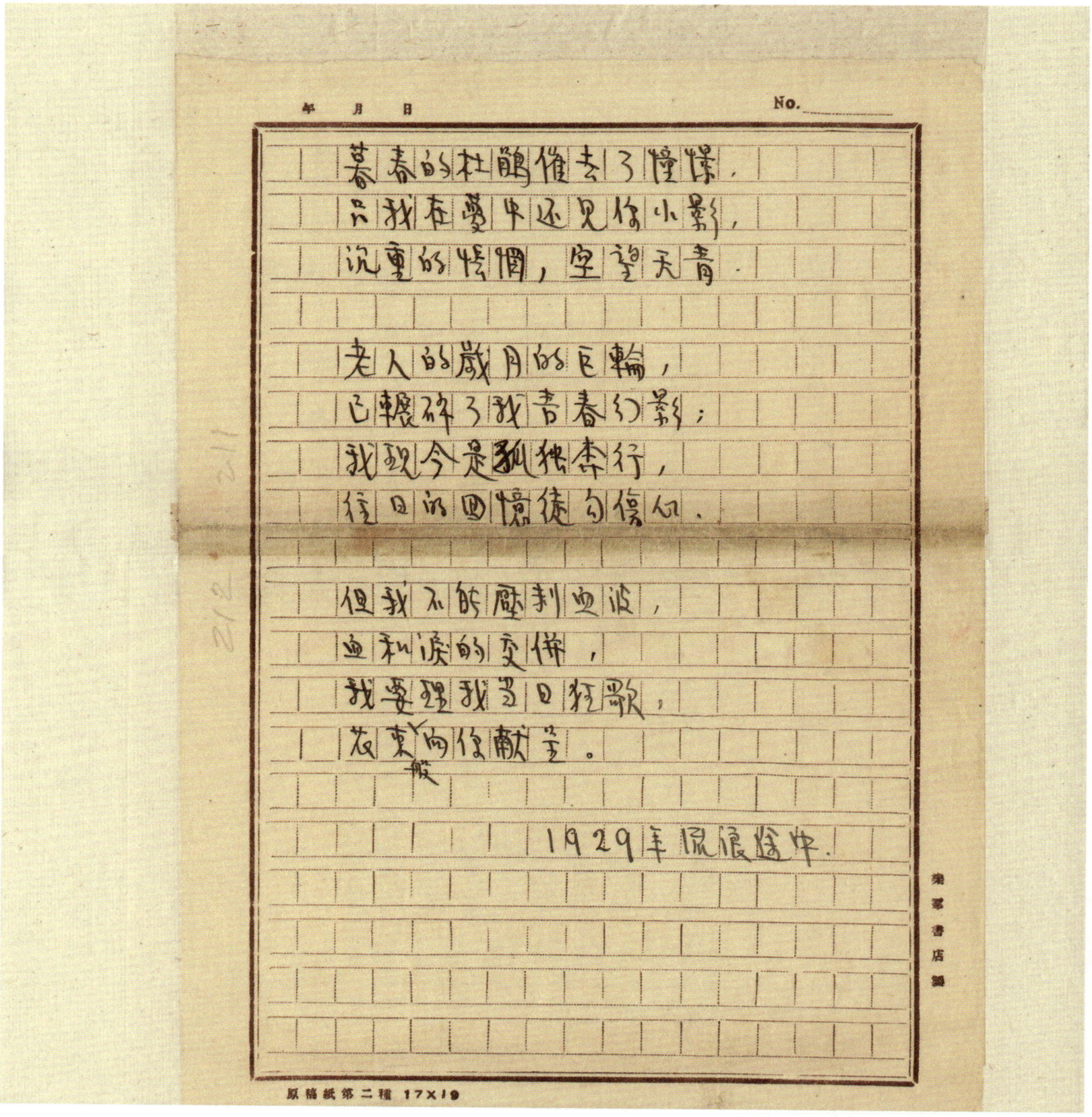

年 月 日 No.

暮春的杜鵑催去了憧憬，
只我在夢中还見你小影，
沉重的悒惘，空望天青。

老人的歲月的巨輪，
已輾碎了我青春幻影；
我現今是孤独吝行，
往日的回憶徒自傷心。

但我不能壓制血波，
血和淚的交併，
我要理我當日狂歌，
花束般向你献呈。

1929年流浪途中。

原稿紙第二種 17X19
樂群書店製

213

妹妹的魂灵.

妹妹哟，我亲爱的妹妹，

啊，给我力，禁止我的眼泪，

我的心已经碎了………片片……

我脆弱的神经乱如麻线，

啊，那是你，我的妹妹，

你就是一朵荆棘中的野玫瑰。

你哥哥，是流浪在黄浦江畔，

黄浦的涛歌凄惨难堪，

214

No.

上海是白骨造成的都會，
鬼狐魑魅到處爬行，
那得如故鄉似，
世外桃源地靜穆和平，
只有清麗的林家小園，
才還留著我一點純潔的心。

妹妹，自我從虎口跳出，
我便開始在世上亂奔，
如一個小舟失去船舵，

215

野馬溜了韁繩！
啊，茫茫的前程，
遍地是火，遍地是苦的呻吟，
血泊上交響着強者獰笑，
地球上尽是黑暗森林！

我遇着是虐行和殘暴，
欺詐，侮辱，羞恥，孤伶！
我眼着地球日趨滅亡，
人類的靈魂也難再蘇醒，

316

No.

厭黑的芽兒開了虛無的花
想把生命為與地球同盡！

但今天，你使我重信，
地球不死，人的靈魂
也好似一叢茂盛的森林，
荊棘上開放着白的玫瑰，
須不離的流着珠兒清清……

妹妹，你救拯了我，

217

以，你深沉的同情，

我不能為黑暗所屈服，

我要獻身于光明的戰爭，

妹妹哟，我接着你從故鄉寄出的蛋兒，

我不禁我淚兒流滾，

但請信我吧

我不再如以前般厭厭憎生命！

一九三九春日。

胡也频

故乡（短篇小说）

高二〇九毫米、宽二七五毫米

上海鲁迅纪念馆藏

故鄉

1.

早上，五点多鐘的光景，從S埠開來的小火輪，開到C縣了。秋天的曙光，稀薄地，正在開展。河水現着灰白的顏色，水面，濃濃地罩着如烟的晨霧。許多小划子像無數青蛙似的在朦朧的波光裡遊蕩着。

夜的霧水還凝聚在兩岸的樹叢中……

當小火輪開進這河裡的時候，青蛙們的小划子便急驟地動盪着，向兩旁分開，讓出一條水道，然後又用力的集合了，跟在小火輪後面的水波裡。

小火輪的汽笛便響着：

“嗚嗚——嗚——嗚嗚——”

一面響着一面向前駛，並且打了一個轉身，把拖在尾巴上的一隻寬大的，像一間矮屋子似的駁船挨擦到躉船上。於是，密密集在船头上的人影，和人声，便驟然地紛亂起來。

碼头還在睡眠。夜的安靜還平鋪在碼头上。一勾殘月的血紅色的影還餘剩在碼頭上的黑暗裡。幾盞紙灯籠的燭光還在黑暗裡搖動着。模糊的可以看見“林與記碼头”的招牌和一架伸到水面的碼頭橋。十多輛單輪的手車，十多個車夫和七八個把麻繩束在扁担上的挑夫成為幾個黑点似的站在那裡。曙光慢慢地——然而在一瞬之間，從東方的一角上，便照臨了這碼头。可是許多黑暗還濃厚地堆着，如同一堆堆的黑色的貨物似的堆在碼頭的地上，樹林裡。那些趕早市的店鋪也都充滿着黑暗——黑暗間埋伏在每一個角落裡躲進去。幾個像小猴子一般的學徒帶着半醒的朦朧，便動的在灰白的曙光裡下着力的卸勝的门板。只有一家“陳半齋”的点心鋪，已經敞開着店门，燃着煤油灯，現着“桂花年糕”，“十錦湯圓”和“紅白甜粥”的幾塊黑底金字的市招。在那裡，熱烘烘地，漫騰騰地，冒着白的蒸气。並且，那代替洋鼓洋号的鐵器互相敲打的声音，作怪的響着，使人好去贊许這個点心鋪：羹匙敲着碗子，湯瓢擊着鐵鍋。同时，幾個伙計便拌起嗓子向碼头那方面喊着：

「喂，喝一碗！热的！家乡的点心是黄金！」

码头的方面正在纷乱。伏你的呼声被普遍的骚音掩没下去了。回家的旅客们只是争先恐后地从洋船上跳到驳船上，从驳船上又跳到趸船上，而且急急忙忙的跳到码头上去。這些人们是互相地拥挤着，纷乱着。可是每人的脸上都浮着归家的欢喜，在晨曦里现着微笑。揽揽生意的车夫挑夫们，围拢上来了。

這时，郑伯秋也从人们裡挤出来，提着一隻箱子和一捲铺盖，跳到码头上。

「城裡，王家坪。」他向着拥来的挑夫说。

「四角？」

「三角吧！」

他点着头。「快点！」他说。于是他跟在行李担的后面，在晨曦的闸底裡往前边走。他开始来观察這個久别的故乡了。同时，那从前的，故乡的景象，仿佛影片似的，连贯地映到他的眼前来。

「变了！」他吃惊地想着，「变得這样的荒芜和萧条！」

只有在田野的东方，一片红霞还像从前的样子，从黛色的山背上，射了出来。

二

行李担放在一家高大的石库门的屋子的前面。

郑伯秋去叩门。

「铿铿铿！」铜环响着。

「来了！」裡边回答。

一個年青的听差把大门开开了。

「谁？……」听差迟疑地注着他。

他立刻把眼睛向裡边一注，看见那一個绿色油漆而印着福字的屏风，便认定他自己的家，仍然住在這個祖传的老屋裡。

他放心的问：

2

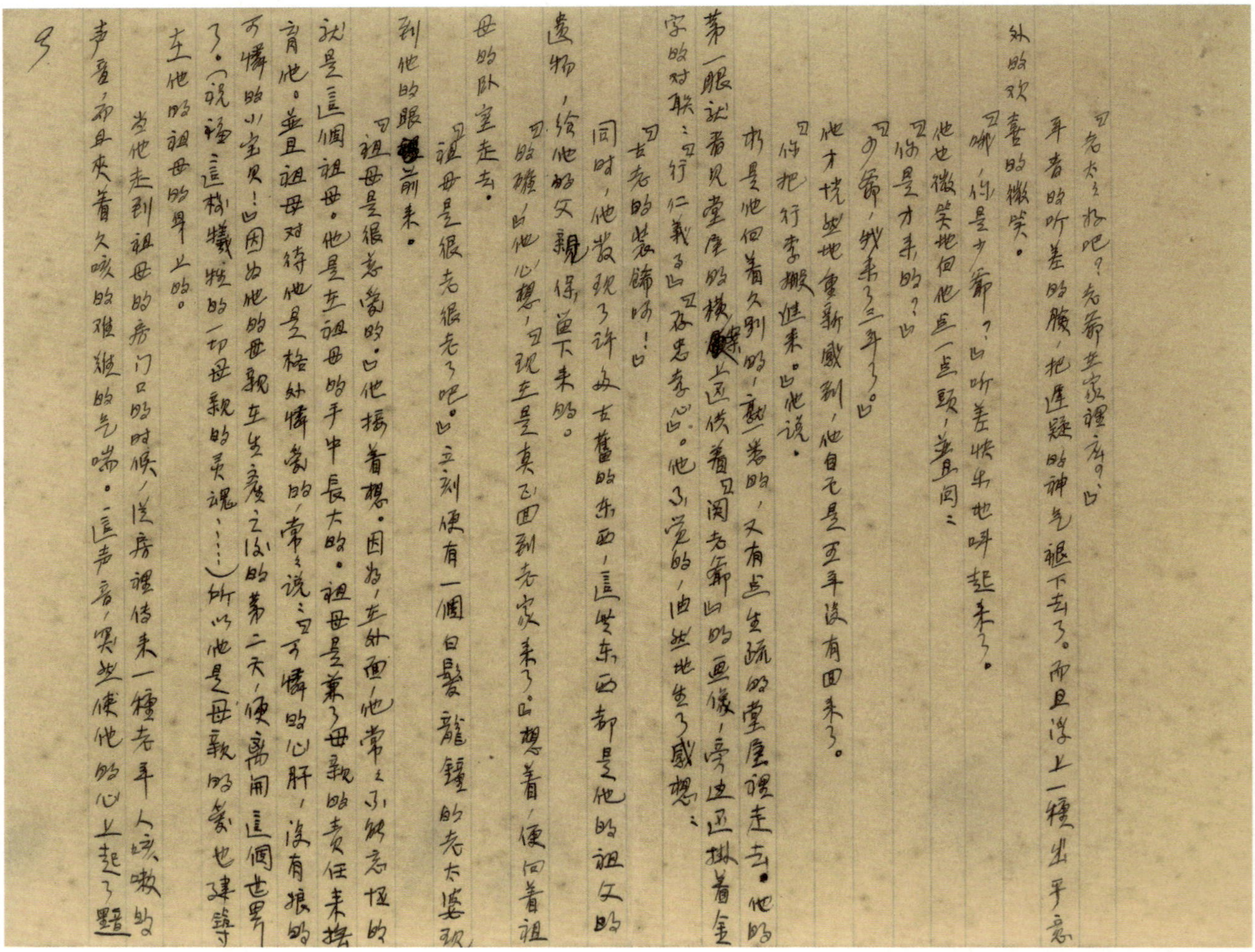

3

「老太太好吧？老爷在家里么？」

年青的听差的脸，把迟疑的神气褪下去了。而且浮上一種出乎意外的欢喜的微笑。

「哦，你是少爷？」听差快乐地叫起来了。

他也微笑地回他点一点头，并且问：

「你是才来的？」

「少爷，我来了三年了。」

他才恍然地重新感到，他自己是五年没有回来了。

「你把行李搬进来。」他说。

於是他回着久别的，熟悉着的，又有点生疏的堂屋里走去。他的第一眼就看见堂屋的横[illegible]上还供着「阅老爷」的画像，旁边还挂着金字的对联：「行仁義了」「存忠孝心」。他不觉的，油然地生了感想：

「古老的装饰呀！」

同时，他发现了许多古旧的东西，這些东西都是他的祖父的遗物，给他的父親保留下来的。

「的確！」他心想，「现在是真正回到老家来了。」想着，便向着祖母的卧室走去。

「祖母是很老很老了吧。」立刻便有一個白髮龍鍾的老太婆现到他的眼[illegible]前来。

「祖母是很慈爱的。」他摇着想。因为，在外面，他常常不能忘怀的就是這個祖母。他是在祖母的手中長大的。祖母是兼了母親的責任来撫育他。並且祖母对待他是格外怜爱的，常常说：「可怜的心肝，没有娘的可怜的小宝贝！」因为他的母親在生產之後的第二天，便离开這個世界了。（说語這樣犧牲的一切母親的灵魂……）所以他是母親的爱也建築在他的祖母的身上的。

当他走到祖母的房门口的时候，從房裡傳来一種老年人咳嗽的声音，而且夹着久咳的难堪的气喘。這声音，突然使他的心上起了黯

4.

淒的感觉：『唉，祖母快死了！』但跟着，他觉得又看见他的祖母了，便浮上兒童的欢喜，把房门轻轻地推开了。

在一架寡陋式的床上，他看见了他的祖母。那是一個走尽人生的路，把命運交给死神，脱光了白发的七十多岁的老太婆。她歪在斜身地倚在床沿上，脸朝着痰盂吐着一堆困难的痰块。她的样子是衰弱，乾瘪，皺皮的脸，不像是一個还有血脈在跳動的人類。显然，祖母就要躺到棺材裡面了。

『婆婆！』他不禁的带些感伤的音调，喊了一声。

祖母被這個喊声嚇住了。满脸吃惊地偏过脸，掀起眉头来看他。一瞬之间，一種光明落到老太婆的软枯葉一般的脸上了。微笑從她的皺皮的绉纹裡現出来。彷彿，這微笑把她变成年轻了许多。

『你呀，我的乖乖！心肝的！你真的回来了呀！』

他的心情被祖母的声音激荡起来了。他压制着這样的情感，带着微笑地走过去。一面回答说：

『婆婆！真的，我回来了。我回来看你……』

祖母的脸几乎笑绽了。她好像重新得到新的生命似的，一下捉住了他的手，張開七分失明的眼睛来观察他，差不多足足望到两三分鐘之久。

他微笑着，微笑在兒童的欢乐的回憶裡。

『唉……』祖母忽然沉下脸，感着难过地吐出叹息的声音，『你怎麽這样瘦了，我的兒！你在外面过得不好吧？』於是她的绉纹的脸上，又浮着黯淡的影，而且在她的乾枯的失明的眼睛裡，溢出了淚水的光。她的眼淚是难难的流出来，像一滴露水似的，落在秋葉一般的脸頰上。

他有些感伤地回答说：

『过得很好。』這句话完全是安慰祖母的心的。

祖母被安慰了。她重新望着他，一面望着一面说：

『秋兒，你怎麽這样狠心，到现在才回来了，你都不想到婆婆底

『婆婆，我天天都想到你……』他揀口的说。

5.

老太婆乾枯的笑一笑，摇着又叹息一声的说：

"乖的！你简直把婆婆想死了。婆婆的白头发有一多半都是为想你才脱去的。唉！只有你这么一个，你们父子俩偏偏又水火不相容！这一家门真不知道作了什么孽！"于是她长吁了一口气，露出一个孤零零的动摇的牙齿。

"婆婆，你知道，是爸爸不要我回来呢。"他回怀的说。

"我并怪不得你。"祖母同情的说，"只要怪，只怪你的爸爸。他不应该那样专制你。但是，现在是过去了。现在，你的爸爸也上了年纪，你也长大了，你们父子还有什么过不去呢？"祖母说完了用热烈的眼光望着他，等待着他的回答。

他默着。因为那往事，像流水一般的在他的心上流起来了。五年前的他和父亲的决裂，到现在，仍然是很新鲜地印在他的心里。那时，使他们决裂的原因是很小的，可是争执的结果，便造成了一个永远不能修补的缺陷。一九二五年的五卅运动激发一切青年的努力往前进，他也是被五卅运动所推动的一个青年。他为了他自己的前途的发展，立志退去贵族式的×××大学，要进到领导青年思想的S大学去。但是他不能够得到父亲的许可。父亲，是一个崇拜孔孟的老古董，有着一种可以成为暴君的性格。他们就这样的开始争执，冲突，至于决裂了。"S大学是×××党人办的！"父亲最后给他的警告，"我不能让我的儿子变成××党！"於是坚持着这种成见，把他的经济断绝了。并且，父亲不要他回家来。因此他在外面过着长久的困苦的日子。他曾经受饿，受冻，至于没有住处而流落在马路上……

这时他听着祖母的话，沉默地想起过去的生活，觉得那困苦的生活是锻炼他的人生——他应该为那些宝贵的经练而向他自己祝福了。那是有益的，他想。于是他平静地，带点微笑地向着祖母说：

"好，不说过去了。我现在并不恨爸爸。"

"这样就好了。"

6、

祖母以光明的微笑又重新浮到脸上来。并且把瘦骨嶙嶙的手来握他的手，拉他把他拉过来，使他亲切地坐在床沿上，而她自己便斜起身子来抚摩了他的脸。

「宝儿，真也瘦，」她带些快乐的声音说，「可是像一个大人了。乖！你该歇一歇你的想头……」

他微笑地听着。

祖母接下说：

「人家是個好姑娘。可是嫁过来以了什么呢？你不满意這個媳子。這也是一種冤孽！總之，老年人做的事情都不会使少年人满意。其实呢，我们好几代都是這樣做的……」

「妈妈，你太操心呢！」他笑着说。

祖母，显得为儿子孫子的事情而变老的。她這时还在操心着：

「你们也应该亲热一点才是。這是不道德的，耽搁人家的青春……」祖母的脸上浮满着希望的笑。

他安慰祖母的心，说：「我知道……」由下面的话，他实在不好拒绝了。祖母快乐的说，「我该是快快活活的闭上眼睛去。」接着，忽然感伤起来了：「如果你的娘还活着，我就不用這樣的费心了。唉……」

他正要回答，可是房门被推开了，走進来一個十二三岁的女孩子，捧了一個茶壶，诧異地向他望着。祖母便告诉她：

「蠢货！不认得吗？這是少爷！」

女孩子很天真地向他望了一下，半笑的说：

「认得。少爷，你好！」

「好。」他笑了。

祖母又向她说：

「秋菊！你通知老爷和少奶奶，说少爷回来了。」

「是。」女孩子放下茶壶，欢喜地跑去了。

「哦，秋菊都這樣大了！」他想着。因为当他离開家裡的时候，這個女孩子才剛剛比桌子高一点，現在竟成一個大小孩了。

祖母又咳嗽起来了。一塊痰，又艱难地横在她的喉嚨裡，使她用尽全身的力，才吐出一口吐沫。

「秋兒！」祖母喘喘的說，「你爸爸也常常想到你呢。你們父子從此不要再鬧些什么。婆婆快死了，不能夠再張開眼睛看你們父子像一对仇人。你想想，兒子和老子鬧气，叫婆婆怎么辦呢？闭了眼睛就不管你們了。可是這顆心怎么放得下……」他於是又聽到的咳起来了。青筋從她的枯黄的臉上浮起来，可怕地現着一個即要入木的老太婆的晚年。

「你放心，婆婆！」他安慰的声音說，一面輕輕的拍着祖母的背，使她的艱难的气喘慢慢地平静下去。

「乖的！這樣就好了。你去看看你的爸爸吧。他还住在花所裡。現在是难得起床了。」祖母說了，又慈爱的撫摩着他，把他当做嬰兒似的撫摩着。

「好，快去！」祖母接着說，「等一会再来……」並且向他笑着，是一種慈母的温爱的微笑。

他答應了。於是走向花所去。在他的心裡，浮出了一個困頓的，专制魔王的父親的影。

三

一股鴉片烟的气味，在花所前面的空气裡流荡着。

「嗳，大烟？」他疑惑的想。

於是在花格子的木门上敲了两下。

「進来！」聲音是父親的声音。

他把房门推开了。立刻，濃烈的鴉片烟的气味就流到他的鼻孔裡，而且在他的眼前，飘着一團鴉片烟的霧……

7.

在烟榻上，斜躺着一个五十多岁的男子。枯干的黄色的脸，黑而浓的八字须，眉宇间还藏着一种威严的神气，这使他想到他的青年时代的父亲。父亲这时的是沉迷在鸦片烟的云雾里，脸也放着一点小小的烟灯，烟枪正横在嘴唇上，从他的嘴里吐着浓烟，嗤嗤的响着。

"回来了，吸口吧！"他发出的声音。

父亲并不知道他进来，依旧躺在那里，吸着，吐着，响着。躺在烟榻上的人们，仿佛是躺在魔窟里，带着一种出奇的神秘。

他把脚步放重了。

然而那在吐雾的父亲，连头也不抬，只懒懒的说：

"四喜，来茶！"

他心头一跳，"四喜"，老家僕！便自然的说："不是四喜，是我……"一面又想喊他一声，可是那幼小时候所呼惯的"爸爸"，现在已变成十分生疏，喊不出口了。

父亲从烟榻上偏过脸来，吃惊地看着他，带着莫名的神气地又重新望了他一眼，懒懒的翻身坐起来，把烟枪放下，揩干了半个烟泡。

"啊，是你！"父亲（删去：……你回来了……）一面打了个呵欠，泪水从眼角流下了鼻涕。

（删去：伸着手，"我是顺便回来看看的。"……他又想这样说，但是……）

"你没有想到吧？"

父亲沉默着。默然拖过来的破裂的很缝，从父亲的脸上浮起来了。那不幸的回忆，破坏了久别的父子睦面的和切的团聚，他暗暗的奇怪着，父亲的脸上并没有什么感动的表情，同时在他自己，也混淆地，仿佛并不像是看见他自己的久别的父亲。

"坐……"父亲很勉强的说，似乎除了这一句，还找不出别的话。

9.

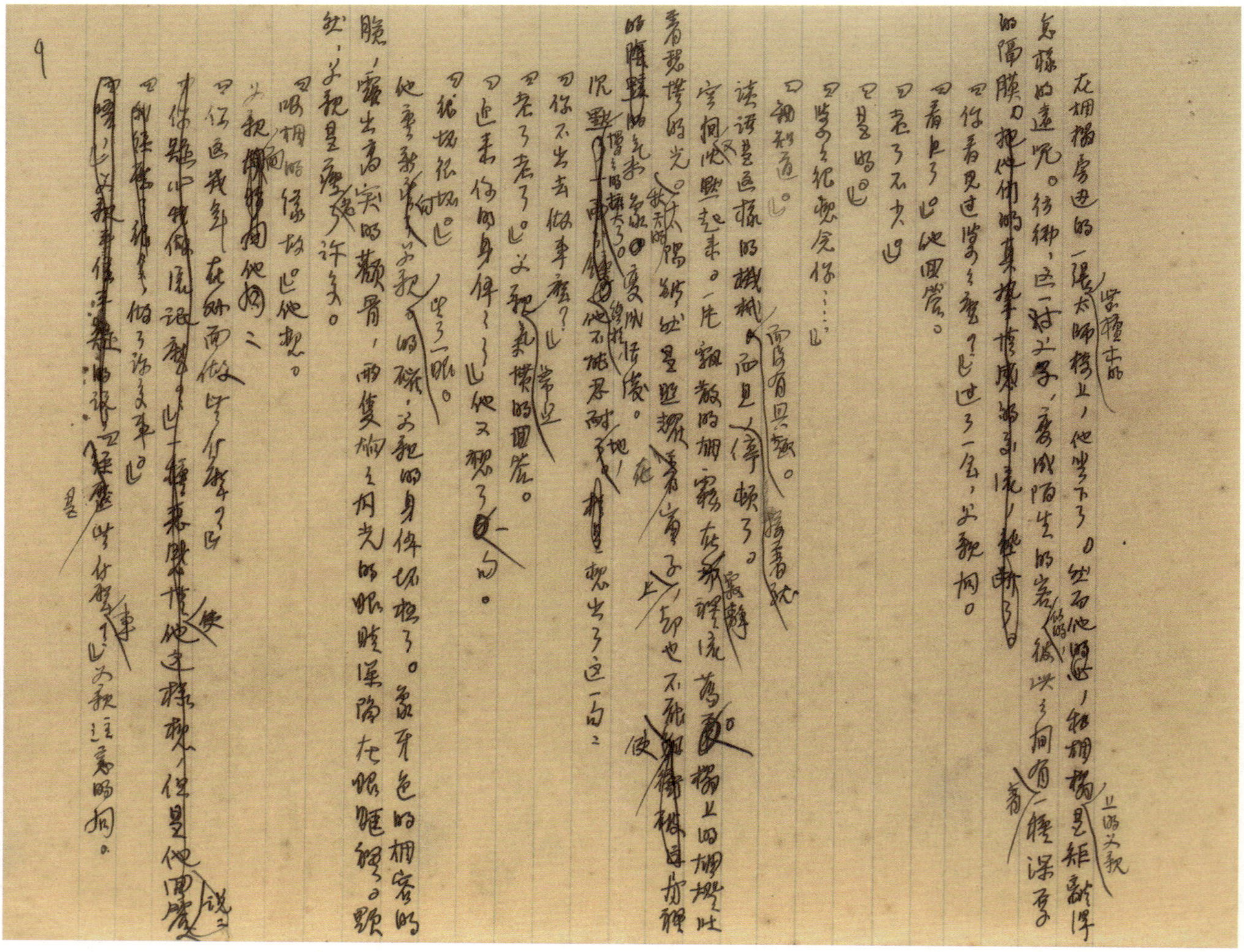

10

「什么事都經历过。而且，飢餓，凍，坐牢，也都經历过」

（去了）母亲的眼睛回裏閃爍嚴厲地射到他的臉上来，並且用嚴厲的声音打断他的话：

「坐牢？有什么好？」

他微笑着。

「我為了不出，所以……」他說。

母親又嚴厲地望了他一眼；在這個眼光裡，使他感覺到，母親正在鄙視他。

「還有呢？」母親不高興的問。

「替社会做一點事……」但是不喜歡聽的樣，母親並不喜歡。出獄……

「你果真這樣嗎？」

他笑了。

「不是你不信我學貴么？」

母親把眼光沉了一下。

「那末，你想早就失学了么？」

「不錯」他堅定的回答，「不過這是有關你。我根本並不關心什么名譽」

母親的臉色變得很嚴肅。

「怎樣生活呢？」接着又向他問。

「物質的生活過得很苦。」他微笑地回答，「但是精神的生活……我自己十分滿意的」

母親用疑惑的眼光審察他。彷彿，母親要從他的身上看出什么不好的破綻。一面又問他：

「這幾年在什么地方？」

「什么地方都去過。」

「那么現在呢？」母親用不滿意的声調問。

他笑着回答：

11

「也可以这样说。不过意义是不同的。」

母亲摇了两下头。

「那你为什么不回来呢？」接着又补充的问：「你知道你还有一个家么？」

他笑了。笑里，常是可怜的回忆。只好他回答说：

「不是你不要我回来么？」

母亲默了一下。

「不要再提旧事」过了会说。

「很好」他回说。

于是母亲又问他：

「你这次回家来做什么呢？」

「你不要我回来看看么？」

「早就要……」母亲说，说了便常是埋怨地看了他一眼。这是他第一次看母亲给他的和蔼的眼光。他不禁的忧思着。

母亲又苦说：

「既然在外面那样的受苦，为什么还要在外面呢？」

他笑着，回答：

「这就是你们不能了解的」

母亲不计较这一句话，只继续说：

「假使你当时听我的话，现在不是可以到外国去了么？」

他听着，微笑地想：「但是我并不懊悔呢」

母亲说到这里便停止了。过了一会儿，母亲又开始提，而且常是悲伤的声音，说着家乡的状况：

「现在不比从前了。这里的生活程度也高得可怕。这里是出米的地方，可是米也卖到十五块钱一担。不是丰荒就是兵荒。谷子收不到，田契税已缴收到民国廿五年。富人变穷人，穷人更穷了」于是叹了一口气。

12

「譬如我们的家里呢」父亲又接着说「总算是上等人家。可是现在也不行呢。佃户不交租，田又要抽税。假使你想把田卖出去呢，谁要！再过几年，我们也完了。」

他静静的听，觉得素来赏谈的故乡的农村，也跟着破产起来了。

随后，父亲很疲乏地打了一个呵欠，流下鼻涕，因为那未曾满足的烟瘾，又要歇歇的发作起来。

「我老了，这个世界真看不上眼！」父亲叹息般的说。于是又躺斜身地躺下去，低低地拿起烟枪……

「你到你自己的房里去吧」父亲拿着烟枪，一面向他说，「明晚上再谈……」

他一声不响的走了出来，深心里浮上一个悲叹，一直浮到他的嘴唇上：

「唉，可怜的父亲！」

四

在他自己的房门口，他看见了那个女人——那个被婚姻制度的恶魔破毁了幸福，带着悲哀的命运的女人，他的形式上的妻子。

他跨进房门去，一面望着她。

她站在一张板装生的床边，害羞地红着脸，而且把脸低下去了。

他觉得他和她之间仍然横着一条渠，这是旧社会的力把它造成的。并且，这条渠，要永远的横下去了。因此他感慨地望了她一眼，觉得很难过。

「收发！」他终于开口了。

她才慢慢的仰起脸，局促的笑着。

「你好吧。」他问。

她点着头。

「你没有想到吧……」他又问。

她笑着。

但是第三句话，他想不起来了。因此，一种沉默落到他们的中间，使他们的耳里都清楚地流荡着小钟的滴达的声音！

默默的，几分钟过去了。

他终于又开口了。

「你的家里都很好吧？」

她才慢慢地回答说：

「好是好的，可是也不如从前了。」

「为什么？」

他们坐下了。她回答：

「捐款捐穷了。田卖不出去，有田的人家又要收捐。房子呢，常常空着，租不出去。两家铺子也亏本。伙计要加工钱。生意又不好。商会分派的款项又得交付。所以关了一家。现在只剩一家了，这一家也

13

15

快要倒的。

「市面這樣壞麼?」

她点着頭。「並且,我们的親戚都窮起来了。大家都想不出什么道理……我的弟弟写信回来说是什么農村經濟的破產,可是誰也不懂是什么意思。」

他笑了。问:

「你的弟弟在那裡?」

「在日本。他也許今年年底就會回来的。家裡没有力讓他再留学。听说他研究經濟……你说這一门学问不錯吧?」

「很好。」他笑着回答。

她被他的笑弄得不好意起来,有点红臉的说:

「我没有進过学校……」她慚愧的说。

他了解她的這種心理。因为在從前,他们为了婚约的緣故,他曾经要她進学校去,可是他们的两個老头子都不赞成,结果把女兒赶快的送过来了,這就造成他们的不幸的関係,同时使他同情她,却不爱她。

這时他想起他曾经寄给她的許多书报,便问:

「寄给你的那些书报,你收到没有?」

她点着头回答:

「收到。」接着便唸出来了:「婦女雜誌,新女性,小说月报,还有許多革命的……」

「你看得懂麼?」

「有的懂,有的不懂。」

「你看了有什么感想?」他热诚的问。

「我有一個感想」她直率的说,「外面的事情都是很新鮮的,和這裡的一点也不同。」

「你覺得怎樣呢?」他進一步的问。

「当然外面的好。」

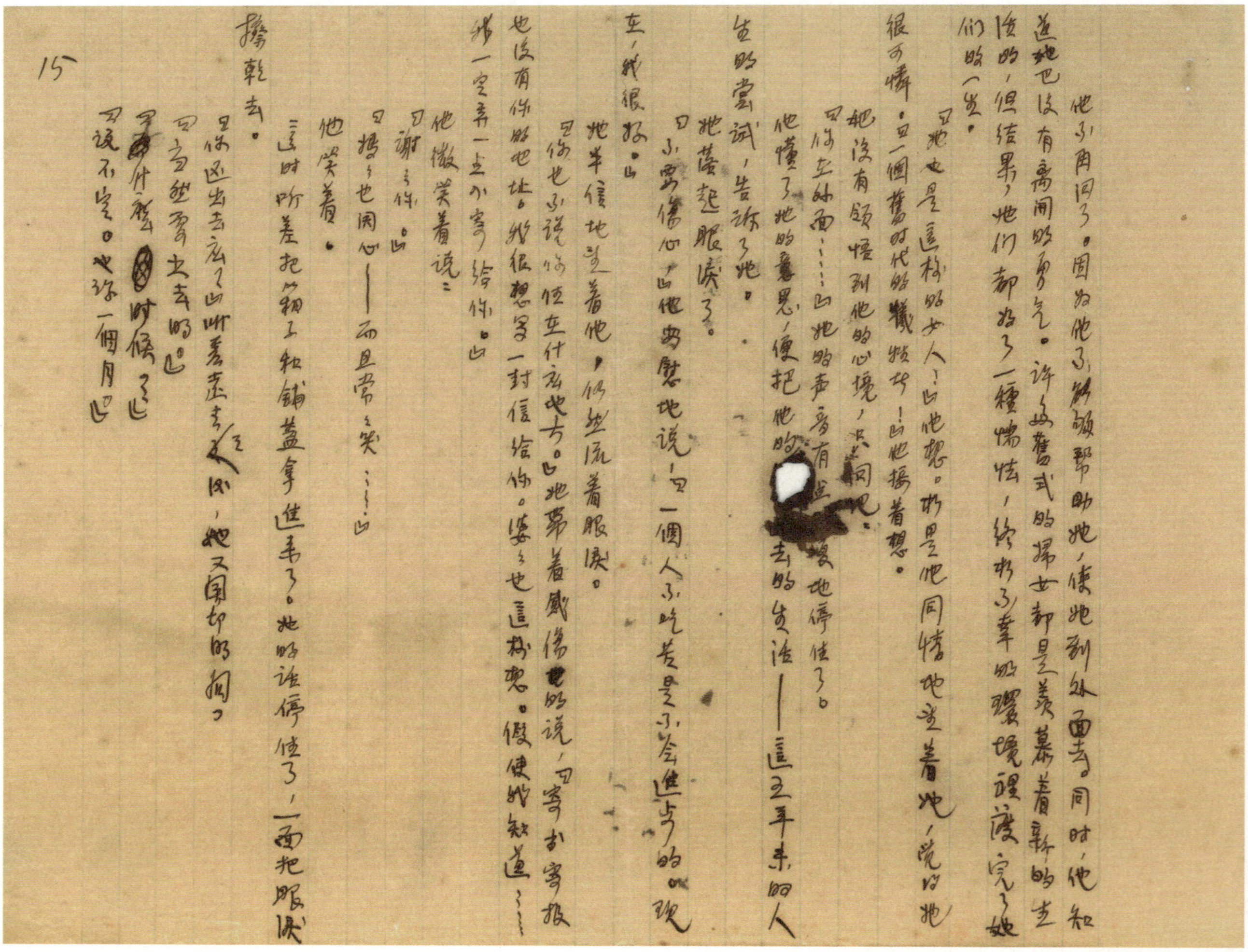

15

他不再问了。因为他不能够帮助她，使她到外面去。同时，他知道她也没有离开的勇气。许多旧式的妇女都是羡慕着新的生活的，但结果，她们都为了一种懦怯，终于在不幸的环境里度完了她们的一生。

“她也是这样的女人！”他想。于是他同情地望着她，觉得她很可怜。“一个旧时代的牺牲者！”他摇着想。

她没有领悟到他的心境，只问他：

“你在外面……”她的声音有些[illegible]地停住了。

他懂了她的意思，便把他的[illegible]去的生活——这三年来的人生的尝试，告诉了她。

她落起眼泪了。

“不要伤心！”他安慰地说，“一个人不吃苦是不会进步的。现在，我很好。”

她半信地望着他，仍然流着眼泪。

“你也不说你住在什么地方。”她带着感伤的说，“寄书寄报也没有你的地址。我很想写一封信给你。婆婆也这样想。假使我知道……我一定弄一点小寄给你。”

他微笑着说：

“谢谢你！”

“妈妈也关心——而且常常哭……”

他笑着。

这时听差把箱子和铺盖拿进来了。她的话停住了，一面把眼泪揩干去。

“你还出去么？”听差走去之后，她又关切的问。

“自然要出去的。”

“要什么时候了？”

“说不定。也许一个月。”

16

她说出了。过了一会，她说：

「不要去去，不好那么些宝贵的！……」

「一個人不是這樣看年的」他解釋着說。

然而她不了解這句話，仍然問他：

「为什麽一定要出去呢？」

他默默的笑着。

她也默默的沉思了。

在他们的心裡，各自有一個世界，而且這兩個世界是完全不同地存在他们的心裡。

随後，女孩子把果心遞來了，輕輕的放在他的面前，是一碗又剥的红枣的甜粥。

一種家鄉的味道涌上喉嚨，使他想起，他意識到故鄉，故鄉的田園和街市，都是使他思慕了了，宁静的故鄉，是同秋天的夕陽似的，悠悠地沉落下去了。